Heidi Fasig

Ins Blaue

Geschichten

Titelbild: Cornelia Carstens

Freischaffende Künstlerin aus Jesteburg

Titel: Erscheinung

Acryl auf Leinwand

www.heidifasig.de

Für Stefan und Helge

Ohne Euch wäre alles nichts.

© 2017

Herstellung und Verlag:

BoD – Books on Demand, Norderstedt

ISBN: 9783746015941

www.heidifasig.de

Der Sommer meines Lebens

*2015: 1. Preis beim Nordhessischen Literaturpreis »Holz-
häuser Heckethaler« in der Kategorie 31-50 Jahre
2016: Jubiläumspreis des »Holzhäuser Heckethaler«: Beste
Geschichte der vergangenen 15 Jahre*

Mein schönster Sommer war der, als mein Hamster starb.
Dies mag im ersten Moment etwas seltsam klingen, aber
urteilen sie selbst, nachdem sie die Geschichte gehört
haben.
Ich war 12 und mein Hamster zwei Jahre alt, als ich eines
Tages von der Schule nach Hause kam und meine Mutter
mir die Tür öffnete. Das hätte mir komisch vorkommen
müssen. Meine Mutter öffnete mir nie die Tür, sondern
beharrte immer darauf, dass ich meinen Haustürschlüssel
benutzte. Es war ihre etwas verschrobene Art, mich zur
Selbständigkeit zu erziehen.
An jenem Tag war ich jedoch so in Gedanken versunken,
dass ich mir nichts dabei dachte. Bis mir ihre verweinten
Augen auffielen. Der folgende Satz traf mich dann wie eine
Keule mitten ins Herz: »Schnupsi ist tot.«
Meine Schultasche in die Ecke pfeffern und die Treppe
hinauf in mein Zimmer stürzen geschah in Sekunden. Und
dort lag er dann. Der kleine pelzige Geselle, der heute
Morgen noch mit vollen Backen und viel Begeisterung an
einem neuen Kuschelnestchen für sich gebaut hatte. Nun
regte er sich nicht mehr. »Altersschwäche«, erklärte meine
Mutter tonlos, die unbemerkt hinter mich getreten war.

Nachdem ich meine Tränen beiseitegewischt und den Toten näher betrachtet hatte, kam mir ein schrecklicher Verdacht. Warum sah er so extrem verwuschelt aus? Nachdem ich meine Mutter zur Rede gestellt hatte, gestand sie, dass die Altersschwäche ein Haushaltsunfall gewesen war. Schnupsi war im Freilauf und meine Mutter mit der Staubsaugerdüse unterwegs. Eine unglückliche Kombination, die für einen von beiden tödlich endete. Nähere Details erspare ich Ihnen an dieser Stelle.

Schock und Trauer saßen bei mir so tief, dass ich erst einmal meine beste Freundin Carola aufsuchte und ihr mein Leid klagte. Zu meiner Verwunderung bekam sie glänzende Augen und ein Lächeln erschien auf ihrem Gesicht. Als sie meinen verständnislosen Blick sah, sagte sie träumerisch: »Der Schnupsi, der bekommt ein 1-A Begräbnis.«

Daraufhin hob sich auch meine Laune. Zum Mittagessen blieb kaum Zeit, da die Beerdigungsvorbereitungen uns völlig mit Beschlag belegten. Die Trauergäste mussten angerufen werden, Blumenschmuck besorgt und an der Grabrede gefeilt werden. Meine Mutter wagte es, wegen ihrer Rolle bei Schnupsis Tod, auch nicht zu widersprechen, als ich eines ihrer guten Stofftaschentücher als Leichentuch nahm. Der Sarg war ein Schuhkarton von Waldläufer.

Die Trauerfeier mit anschließender Beisetzung sollte um 16 Uhr stattfinden. Schnupsis zukünftiges Grab lag in einem Waldstückchen in der Nähe unseres Hauses. Dort würde er so manchem verstorbenen Haustier aus der Nachbarschaft Gesellschaft leisten. Wir sammelten uns vor unserem Haus für ein gemeinsames Geleit. Weite Teile meiner Schulklasse waren versammelt sowie etliche Nachbarskinder. Auf dem

Weg schlossen sich uns noch Schaulustige an, so dass wir eine Gruppe von rund 50 Menschen gewesen sein müssen. Es war ein zu Tränen rührendes Ereignis. Die Rede ging ungefähr so: »Lieber Schnupsi. Du warst der beste Hamster, den ein Mädchen sich nur wünschen konnte. Wie oft habe ich über dich gelacht, wenn du versucht hast, eine Möhre quer, statt längs durch die Tür deines Häuschens zu schleppen. Du hast jedes Mal mindestens zehn Anläufe gebraucht, bis du es geschafft hast. Durch dich habe ich gelernt, was Ausdauer heißt. Entschuldigen möchte ich mich für die vielen Nächte, die du mit deinem Käfig in der Abstellkammer verbracht hast. Aber das Quietschen deines Laufrades in der Nacht hat mich einfach nicht schlafen lassen. Ich hoffe, du nimmst mir das nicht übel. Aber nachtragend warst du ja nie. Ein Nagerdrops und die Welt war für dich wieder in Ordnung. Lieber Schnupsi lebe wohl.«

Anschließend stellte Carola den mitgebrachten Kassettenrekorder an. Wir spielten »Born to be Wild«. Einige klatschten sogar mit.

Wir hatten das Grab extra tief ausgehoben. Doch weil wir so viele waren, gab es nicht genug Erde, damit jeder eine Schippe ins Loch werfen konnte.

Markus, der am nächsten wohnte, rannte schnell nach Hause und kam mit einem Strauß Pfingstrosen zurück.

Dann konnten diejenigen, die keine Erde mehr abbekamen, wenigstens eine Blume aufs Grab legen.

Später bekam Markus dann leider noch Ärger, weil sein Vater die Blumen seiner Mutter zum Geburtstag geschenkt hatte. Aber ich sage immer: Es gibt Zeiten im Leben, da muss man Opfer bringen. Markus hat das damals schon verstanden.

Völlig erschöpft, aber komischerweise auch sehr glücklich fiel ich abends in mein Bett.

Am nächsten Tag klingelte eine ältere Dame, die ich nicht kannte bei uns an der Haustür. »Ich wohne im Sperberweg«, erklärte sie verlegen, während sie von einem Bein aufs andere trat. Der Sperberweg war etliche Straßen von uns entfernt. »Meine Cousine hat mir erzählt, dass ihr gestern für euren Hamster eine sehr ergreifende Beerdigung abgehalten habt. Und jetzt wollte ich fragen...«. Sie schluckte trocken, während sie einen kleinen Karton aus ihrer Einkaufstasche zog. »Das ist der Hansi«, erklärte sie, während sie umständlich den Deckel abnahm, »und der soll auch eine schöne Beisetzung haben.«

Ich war erst ein wenig verblüfft, als ich den grüngelben Sittich vor mit betrachtete, rief dann aber gleich Carola an, um sie um ihre Meinung zu fragen. Und wir waren uns sofort einig. Die Feier für Schnupsi hatte uns so viel Spaß gemacht, dass wir uns ohne Zögern bereiterklärten auch Hansi unter die Erde zu bringen. Diesmal war die Trauergemeinde etwas älter, die Rede etwas getragener und das Lied war nicht ganz nach unserem Geschmack. »Die kleine Kneipe« von Peter Alexander, Hansis Lieblingsstück, wie uns Frau Rasmus, seine Besitzerin erklärte. Er hätte dabei immer so schön auf seiner Sitzstange gewippt. Aber das störte uns alles nicht. Frau Rasmus war begeistert und das wirkte ansteckend. Noch begeisterter waren wir, als sie uns hinterher 10 Mark in die Hand drückte.

Unsere Begabung in Sachen Haustierbeerdigungen sprach sich in der Gegend herum, und wir bekamen den ganzen Sommer über Anfragen. Die Trinkgelder waren auch nicht von Pappe. Schließlich kam Carola auf die Idee, eine Preisliste zu erstellen. Standardbeerdigung mit kurzer Rede: 5 Mark, mit Blumenschmuck: 7,50 Mark, mit Musik: 10 Mark.

Und man sollte nicht glauben, wie vielen Leuten eine würdevolle Beerdigung ihres Haustieres das Geld wert war. Vielfach zahlten sie sogar mehr als gefordert. Es hätte ewig so weitergehen können.

Doch der Frost machte unserem jungen Unternehmen einen Strich durch die Rechnung. Und irgendwie hat sich unser Geschäft nach dem langen kalten Winter nie wieder richtig erholt. Schade eigentlich.

Auf meinen Hamster folgten noch etliche andere Haustiere, doch nie wieder hat eine Beerdigung mich mit so tiefer Befriedigung erfüllt wie seine. Vielleicht lag es an der Unbekümmertheit, mit der wir dem Tod damals gegenübertraten.

Und auch wenn ich mittlerweile etwas aus der Übung bin, so möchte ich auch heute die Gelegenheit für ein paar letzte Worte nicht verstreichen lassen:

»Danke Schnupsi, mögest Du weiterhin in Frieden ruhen!«

Die Alternativtherapie

Geschichte zur Lesung »Grenzenlos« am 19.05.2016 in der Stadtbücherei Buchholz.

Im Rahmen des Kultursommers des Landkreises Harburg.

Guten Tag. Mein Name ist Eduard Carlos Müller. Meine Freunde nennen mich Eddie.

Eine Frage vorweg: Mögen Sie Eddie zu mir sagen? Und, da wir ja nun Freunde sind: Darf ich Du zu Ihnen sagen?

Es wäre eine große Freude und auch eine Erleichterung für mich. Denn das, was ich Ihnen, pardon Dir, nun erzähle, kann ich nur jemandem anvertrauen, der mir sehr nahe steht. Ob wir am Ende der Geschichte wieder zum »Sie« zurückkehren, bleibt Dir überlassen.

Also, dann fange ich mal an:

Ich bin 45 Jahre alt, wiege bei einer Körpergröße von 1,82 m 119 kg, manchmal mit Tendenz zur 120. Ich habe Schuhgröße 44 und arbeite bei einem großen Unternehmen, das Futtermittel herstellt. Haare hatte ich mal mehr. Das lichtet sich in letzter Zeit erheblich, aber ich bin sehr geschickt darin, sie zu frisieren. Ich neige zu erhöhtem Blutdruck und in meiner Familie gibt es zahlreiche Fälle von Diabetes und Herz-Kreislauf-Erkrankungen.

Oh Mann. Wenn ich nicht bald mit dem Wesentlichen anfange, bist Du entweder eingeschlafen oder stehst einfach auf und gehst.

Doch wo fange ich bloß an.

Weißt Du: Da war eines Tages dieser Vorfall auf der Arbeit. Ich hatte gerade den Telefonhörer aufgelegt. Es fing sofort wieder an, zu klingeln. Das ging den ganzen Vormittag schon so. Zeitgleich tauchte eine Kollegin mit einer Akte in der Hand auf und fragte:»Hast Du mal ne Minute?« Und in dem Moment, in dem ich sowieso schon langsam nicht mehr wusste, wo mir der Kopf steht, da ist da dieser Vogel. Und der fliegt einfach so mit Vollgas gegen die Scheibe. Ich habe mich so verjagt. Ich kriege jetzt noch Herzrasen, wenn ich daran denke. Und ich habe ja erwähnt, dass in meiner Familie eine Anhäufung von Herz-Kreislauferkrankungen,....na egal.

Also: Da begeht dieser Vogel an meiner Büroscheibe im siebten Stock gewollten oder ungewollten Selbstmord und ich, ich schreie los. Mehr weiß ich nicht mehr.

Hinterher haben mir die Kollegen erzählt, dass ich reichlich lange geschrien habe. Und auch ziemlich schlimme Sachen. Hatte wohl viel mit Vögeln und Exkrementen zu tun. Aber das erinnere ich wie gesagt nicht mehr.

Es wurde sogar meinetwegen ein Notarzt gerufen. Fast war ich im Nachhinein ein wenig geschmeichelt. So viel Aufmerksamkeit ernte ich nicht oft.

Na auf jeden Fall ging es mir nach der Spritze wieder besser. Und ich bin auch am selben Tag wieder entlassen worden. Aber ich sollte mich mal nach Entspannungsmethoden umsehen und drei Mal die Woche 30 Minuten Sport machen.

Ich dachte mir, da ich Sport noch nie so richtig mochte, dass ich erst mal mit der Entspannung anfange. Autogenes Training nannte sich das. Ein Kurs bei der Volkshochschule.

Ich hatte mir einen neuen Trainingsanzug gekauft. Sah ja

schon fast nach Sport aus, so gesehen.

Also: Man liegt da so auf Matten im Kreis, vorzugsweise unter einer Wolldecke und die Kursleiterin erzählt einem, an was man denken soll. Ich weiß allerdings nicht mehr genau, was sie gesagt hat, denn nach zwei Sätzen bin ich meistens eingeschlafen.

Das hatte zur Folge, dass ich nachts nicht mehr schlafen konnte. Deshalb habe ich das Ganze wieder aufgegeben.

Auf Arbeit habe ich immer öfter so ein Muskelzucken am Auge gehabt. Und meine Hände ballten sich immer zu Fäusten, wenn ich zum Telefonhörer greifen wollte.

Als dann auch noch das jährliche Entwicklungsgespräch mit meinem Vorgesetzten näher rückte, kamen die Schweißausbrüche. Auch ohne Sport.

Da bin ich dann doch zu meiner Hausärztin. Die hat mir eine Therapeutin empfohlen, mit der ich mal sprechen sollte.

Die Therapeutin wohnte sehr hübsch in einem Holzhaus am Waldrand. So richtig mit Brunnen im Garten und Holzofen. Aber immerhin Handyempfang hatte sie da.

Wir haben uns so über mein Leben unterhalten. Auch über meine Ängste in Bezug auf den Termin mit meinem Chef. Sie hatte einen ungewöhnlichen Therapieansatz. Das muss ich schon sagen. Sie meinte, ich solle mir während des Gesprächs einfach vorstellen, mein Chef habe einen Tierkopf. Das würde der Unterhaltung eine heitere Note verleihen. »Aber«, fuhr sie dann mit erhobenem Zeigefinger fort, »aber eine Sache ist dabei sehr wichtig. Bevor sie das Büro verlassen, müssen sie sich ihren Chef unbedingt wieder mit normalem Kopf vorstellen. Außerdem darf kein anderer Mensch ihn sehen, während er den Tierkopf hat.«

Ich nickte brav. Aber verstanden habe ich das Ganze nicht so richtig.

Aber soll ich Dir eins sagen? Ich kann diese Vorgehensweise nur jedem empfehlen. Sobald mein Chef und ich Platz genommen hatten, stellte ich mir vor, er habe einen Gorillakopf. Und ich hatte mir bisher nicht eingebildet, besonders phantasiebegabt zu sein, aber es hat gut geklappt. Der Kopf sah verblüffend echt aus. So, als wäre da nie etwas anderes gewesen. Direkt chic wirkte er zu dem beigefarbenen Designeranzug. Und der blasierte Gesichtsausdruck, den er immer zur Schau stellte, der wirkte so auch viel natürlicher.

Und das Verblüffende war, dass ich während des gesamten Gesprächs völlig entspannt war. Direkt gelassen. Allerdings hat dieser Kopf meine Aufmerksamkeit so in Beschlag genommen, dass ich vom Inhalt unserer Unterhaltung nicht viel mit bekommen habe. Letztlich war mein Chef, glaube ich, zufrieden mit meiner Leistung. Ich solle aber auf mich achten, da ich in letzter Zeit etwas angespannt wirke.

Ich schwebte förmlich zurück zu meinem Arbeitsplatz. Mann, war das einfach gewesen. Und mit so einer simplen Methode. Nennt sich, glaube ich, »Imaginationstherapie«.

An meinem Schreibtisch angekommen, wollte ich gerade wieder mein Telefon in Betrieb nehmen, da klopfte es an der Scheibe. Ich war so entspannt, dass ich mich gar nicht erschreckte. Außerdem war es nicht so laut wie das Mal, als der Vogel dagegen geflogen war.

Vor dem Fenster war meine Therapeutin. Also: Sie schwebte dort auf einem Reisigbesen. Denn Du erinnerst

Dich vielleicht: Mein Büro liegt im siebten Stock. Ich wunderte mich nicht, sie dort zu sehen. Zu dem Zeitpunkt nahm ich bereits Psychopharmaka. Ich weiß nicht, ob es daran lag. Auf jeden Fall sah ich öfter Dinge, die ich nicht recht einordnen konnte.

Ich öffnete die Lüftungsklappe des Fensters, um sie besser verstehen zu können. Sie fragte mich höflich, wie das Gespräch verlaufen sei. Begeistert schilderte ich ihr meine Erfahrungen. Sie unterbrach mich sanft in meinen Ausführungen und fragte, ob ich auch daran gedacht habe, den Gorillakopf wieder »wegzudenken«, bevor ich das Büro verlassen hatte.

Meine Gelassenheit verschwand schlagartig. »Schnell«, drängte sie, »bevor jemand anders sein Büro betritt.«

Ich eilte also zurück Richtung Chefzimmer. Zu spät. Vor mir betrat gerade eine Kollegin den Raum. Ihr gellender Schrei sagte mir schon alles. Hast Du schon mal einen Gorilla gleichzeitig zornig und verwirrt gucken sehen? Ich kann es nicht besser beschreiben. Aber so blickte mein Chef drein, als ich hinter der Kollegin ins Zimmer stürmte.

Sobald ich mich darauf konzentrierte, seinen Kopf wieder menschlich aussehen zu lassen, war der Spuk vorüber. Zumindest was das Aussehen meines Vorgesetzten betraf.

Mit der Kollegin kann ich mich seitdem prima über die Dosierung von Psychopharmaka und die entsprechenden Nebenwirkungen austauschen.

Auch die Therapie mit den Tierköpfen kennt sie mittlerweile. Allerdings nicht von mir. Ich habe ihr lediglich meine Therapeutin empfohlen. Auf die ich immer noch große Stücke halte.

Ich sehe sie öfter in letzter Zeit, denn sie ist auch eine meiner behandelnden Ärzte in der Klinik, in der ich momentan lebe. Sie liegt idyllisch am Rande eines Waldes. Vom Fenster aus kann ich manchmal Spechte und Eichhörnchen sehen.

Auch viele meiner Kollegen sind inzwischen hier. Damit wir uns wohler fühlen, haben sie die Behandlungszimmer so eingerichtet, dass sie wie unsere alten Büros aussehen. Und meine Therapeutin nennt sich jetzt Unternehmensberaterin.

Damit wir in unserem Genesungsprozess nicht gestört werden, dürfen wir keinen Besuch empfangen. Es handelt sich um eine geschlossene Abteilung.

Um so glücklicher bin ich, dass ich Dich heute hier getroffen habe.

Auch wenn ich mich frage, wieso Du eigentlich hier bist?

Wenn Du möchtest, darfst Du mir jetzt Deine Geschichte erzählen.

Denn wir sind ja jetzt Freunde, oder?

Das Kartenspiel

Mit freundlicher Genehmigung des Verlags
Smartstorys.at

Speichel tropfte aus seinem Mundwinkel, als er die Karte ausspielte. Seine Augen waren hinter einer großen dunklen Brille verborgen, in der sich das Kerzenlicht spiegelte. Er nahm das erste Mal an ihrer Runde teil.

Sieglinde schauderte, als der Speichelfaden in der Tischdecke versickerte. Sie hätte doch nicht den guten Damast auflegen sollen. „Siggi, mach deinen Zug«, mahnte ihr Gatte neben ihr mit sanfter Strenge. Bertram kannte seine Frau zu genau, als dass er ihrem Blick hätte folgen müssen. Er wusste, was sie beunruhigte. Der mysteriöse Fremde war auch ihm nicht geheuer. Leonore hatte ihn angeschleppt. „Ihr werdet schon sehen, das wird zu viert viel lustiger«, hatte sie fröhlich behauptet.

Und jetzt das. Der Fremde hatte sein eigenes Kartenspiel aus der Tasche gezogen. Und noch bevor jemand Einwände hatte vorbringen können, hatten seine gelblichen Finger sorgfältig das Zellophan des noch fabrikneuen Blattes entfernt, gemischt und ausgeteilt. „Aber wir spielen doch nur um Centbeträge«, hatte Sieglinde fassungslos bemerkt.

Der Fremde hielt daraufhin beim Mischen inne. „Es geht nie nur um Centbeträge.« Seine Stimme klang heiser, als habe er erst vor Kurzem eine Erkältung durchlitten. Und selbst durch die dunklen Gläser hindurch fühlte sie sich angestarrt. Nackt wie ein Molch. Danach war jede Unterhaltung im Keim erstickt.

Bertram nahm all seinen Mut zusammen: „Was sind denn das für Karten? Das ist ja kein französisches Blatt.«

Bleierne Stille senkte sich über den Raum. Die Standuhr in der Ecke schlug ihren metronomartigen Takt. Der Fremde legte die symmetrisch aufgefächerten Spielkarten mit der Bildseite nach unten auf dem Tischtuch ab und wandte sich Bertram zu: „Was hatten Sie denn erwartet?«, schnarrte er mit kaum verhohlener Ungeduld in der Stimme. Bertrams Finger krampften sich um seine Karten. Die Fingerknöchel traten weiß hervor. „Wir spielen Rommé«, erklärte er leise.

„Wenn Sie es sagen«, meinte der Fremde und seine feuchten Mundwinkel kräuselten sich zu einem spöttischen Lächeln. Dann wandte er sich im Zeitlupentempo seinen Karten zu und nahm das Blatt wieder auf.

Sieglinde war am Zug. Ihre Hand zitterte, als sie eine Karte ablegte und eine neue vom Stapel zog.

„Ich muss mal«, piepste Leonore und verließ hastig das Zimmer. Ihre Karten nahm sie mit. Kurze Zeit später fiel eine Tür zu.

„Sag mal, das war doch die Haustür. Ist Leonore jetzt gegangen?« Bertrams Stimme erreichte ungeahnte Höhen.

Wieder legte der Fremde sein Blatt beiseite. Diesmal schob er es jedoch vorher zusammen. „Sind Sie immer so aufgeregt, wenn jemand geht?«, fragte er Bertram.

„Aber man verschwindet doch nicht mitten im Spiel.« Bertrams Stimme schwankte zwischen Panik und Entrüstung.

„Warum nicht?«, entgegnete der Fremde gelassen.

Bertram wurde es zu viel: „Was wird hier eigentlich gespielt?«

„Rommé haben Sie gesagt. Und Sie sind der Gastgeber.« Der Fremde nahm ein weißes Stofftaschentuch mit gelber Spitzenborte aus der Hosentasche und wischte sich damit über den Mund. Nachdem er es wieder weggesteckt hatte, nahm er seine Karten wieder auf – doch diesmal hatte er nur noch eine Karte in der Hand.

„Ich habe übrigens UNO«, erklärte er gelassen.

„Das ist doch wohl die Höhe. Wie können Sie UNO haben, wenn wir Rommé spielen und Sie zudem eben noch mindestens fünf Karten auf der Hand hatten?«

„Sie hätten eben auch ab und zu mal Karten ausspielen sollen, dann hätten Sie jetzt nicht mehr so viele davon. Aber Sie waren ja von Nebensächlichkeiten abgelenkt.«

Neben Bertram krachte es. Sieglinde war samt Stuhl umgekippt. Reglos lag sie nun da. Ihre weit geöffneten Augen starrten Bertram blicklos an.

„Oh, mein Gott. Wir brauchen einen Arzt.« Bertram wollte aufspringen, doch er fühlte sich wie gelähmt. Seine Glieder schienen ihm nicht mehr zu gehorchen.

Der Fremde legte seine letzte Karte auf den Stapel. „Ich habe gewonnen. Aber wenn Sie eine Revanche möchten, stehe ich Ihnen jederzeit zur Verfügung. Nur sollten Sie dann besser vorbereitet sein.«

Mit diesen Worten nahm er seinen Hut von der Kommode, den er dort zu Beginn des Abends abgelegt hatte, stieg leichtfüßig über Sieglinde hinweg und verließ das Zimmer. Kurze Zeit darauf fiel die Haustür ins Schloss.

Im Raum war es still. Nur die Standuhr schlug weiterhin ihren metronomartigen Rhythmus.

Vielen Dank für die Blumen

Geschrieben für die Jahresausstellung des Kunstnetzes Jesteburg. Lesung am 30.04.2017 im Heimathaus Jesteburg.

Mein Mann hat mir Blumen mitgebracht.

Und nein, es ist nicht unser Hochzeitstag.

Wir haben uns auch nicht gestritten.

Er geht nicht fremd. Dazu ist er zu faul.

Geburtstag habe ich auch nicht.

Bleibt nicht mehr viel übrig an Möglichkeiten.

Aus Liebe?

Nun werden sie nicht albern.

Wir sind seit 21 Jahren und 9 Monaten und 7 Tagen verheiratet.

Und mein Mann hat mir in dieser Zeit nur ein Mal Blumen mitgebracht.

Allerdings weiß ich nicht mehr wann. Und warum. Meine Reaktion hat ihm damals allerdings deutlich gemacht, dass wir nicht so eine Beziehung führen. So eine mit Blumen und anderem Schickimicki. Wobei Blumen im Gegensatz zu dem anderen Kram, mit dem sich Paare ihre Liebe beweisen müssen, den Vorteil haben, dass sie nach spätestens einer Woche hinüber sind. Reif für die Tonne.

Sie stauben nicht im Regal ein oder erzeugen Hüftgold.

Mit diesen Blumen verhält es sich anders.

Er präsentiert sie mir an einem Sonntag. Dem Tag in der Woche, an dem er Frühstück macht. Mit Speck und Ei.

Und Sekt. Obwohl er mein Glas mit austrinken muss, weil mich allein ein Schluck zurück in alte Muster fallen lassen könnte.

Aber er braucht seine Gewohnheiten. Auch wenn sie seit 15 Jahren als überholt gelten können. Es gibt ihm Halt.

Ich betrete also das Esszimmer.

Es ist Sommer. Hochsommer. Die Sonne scheint bereits um 9 direkt ins Zimmer.

Das ist der Grund, warum ich beim Frühstück eine Sonnenbrille trage. Es ist mir hier eindeutig zu hell. Aber in der Küche frühstücken geht nicht.

Nicht, weil sie zu klein wäre, sondern weil auch dies mit Gewohnheiten brechen würde.

Gewohnheiten sind in unserem Leben das, was bei anderen Menschen Ritual heißt. Aber ich weigere mich, dieses Wort zu benutzen, weil ich von Beschönigungen nichts halte.

Zurück zum Sonntagsfrühstück.

Die Sonnenbrille verhindert nicht, dass sie mir gleich ins Auge fallen.

Die Blumen.

Es dämpft nur etwas den optischen Aufprall auf meine Netzhaut.

Leider mache ich den Fehler, mir sofort die Brille vom Kopf zu reißen.

Zum einen bohre ich mir dabei einen Bügel knapp neben‹s Augen, was sofort höllisch anfängt zu schmerzen, zum anderen schmerzt auch der Anblick des Fremdkörpers in meinem Esszimmer.

Kreischen mich Farben an, die die Sinne nicht betören, sondern schärfen. Ich nehme meine Umgebung, das Esszimmer, den gedeckten Tisch, die Sonne auf einmal viel unmittelbarer wahr. Die Konturen der teakholzfarbenen Anrichte von IKEA schreien mich förmlich an: Hey sieh her, hier stehe ich und müsste mal wieder entstaubt werden. Ich blinzle. Doch die Blumen sind noch da.

Und sie werden sich zu einem Problem entwickeln. Sind jetzt schon eins.

Denn dieses »Geschenk«, dieser »Eindringling« wird uns nicht nach Ablauf einer Woche wieder verlassen. Ich werde ihm nicht hinterherwinken können, wenn sich das Müllauto das nächste Mal durch unseren engen kleinen Stichweg quält.

Diese Blumen sind gekommen, um zu bleiben. Sie sind die Kampfansage meines Gatten an unser bisheriges Leben.

Und was mich dabei so quält, ist die Frage nach dem »Warum?«.

Warum hier und heute.

Ich sehe ihn an. Den Mann, den ich seit so vielen Jahren zu kennen glaubte. Der so berechenbar für mich war, wie die Frage nach dem Haushaltsgeld, das ich jeden Monat verbrauche.

Er grinst. Spitzbübisch sieht er aus. Jungenhaft. Um Jahre jünger als gestern Abend, als wir zu Bett gingen. Ich schwöre, dass ich diesen Mann so noch nie gesehen habe. Noch nicht mal als wir uns kennen lernten, sah er so lebendig aus.

Da lag er nämlich gerade auf einer Trage und blutete aus einer Platzwunde an der Stirn. Sämtliche Farbe war aus seinem Gesicht gewichen. Und sein banger Blick schien mich, seine behandelnde Ärztin zu fragen: Frau Doktor, werde ich das überleben?

Und da habe ich mich in ihn verliebt.

In den hilflosen, blutenden Mann mit der Todesangst.

Nicht in einen Mann, der beim Grinsen Grübchen in den Wangen hat und aussieht, als hätte er gerade den besten Lausbubenstreich seines Lebens nachgeholt.

Ich bin ratlos. Das kenne ich nicht. Ich weiß immer Rat. Bin immer Herrin der Lage. So gehört sich das. Für mich.

Ich sauge an meiner Unterlippe. Etwas, das ich seit Jahren nicht mehr getan habe. Zuletzt als kleines Mädchen glaube ich. Als das Leben noch nicht so berechenbar war wie heute.

Ich reiße mich also zusammen. Lasse die Unterlippe los und sage mit dünnerem Stimmchen als geplant:

»Horst. Was ist das?«

Wenn es anatomisch nicht unmöglich wäre, würde ich behaupten, dass sein Grinsen noch eine Spur breiter wird.

»Das«, sagt er dann schließlich in volltönendem Bass, als wäre er Barkassenführer einer Hafenrundfahrt, »das, meine Damen und Herren, ist Acryl auf Landwand, 90x90 cm. Das ist Kunst.«

»Kunst. So, so«, murmel ich und lasse mich kraftlos auf meinen Stuhl sinken.

Ich befinde mich jetzt genau auf Augenhöhe mit dem Bild, das an der Wand gegenüber meines Platzes hängt.

»Schön nicht? Es hat so was Frisches.« Mein Mann hat jetzt ebenfalls Platz genommen. Links von mir. Dort, wo er immer sitzt. Wenigstens das.

Ich will nach meiner Kaffeetasse greifen, um Zeit für eine Antwort zu gewinnen. Da stolpern meine Augen über den nächsten Fremdkörper.

Das Sektglas ist heute geformt wie eines der Senfgläser, die wir zum Wasser trinken benutzen. Außerdem enthält es nicht die übliche perlende Flüssigkeit, sondern eine orangefarbene Substanz.

Mein Mann muss mein Zögern bemerkt haben, denn er löst das Rätsel ohne eine weitere Frage meinerseits auf:

»Multivitaminsaft. Mann muss ja auch mal was für seine Gesundheit tun.«

Meine Verwirrung vertieft sich. Ein leichter Schwindel erfasst mich.

»Ist da Sekt drin?«

Er lacht. Wieder dieser volltönende Bass. Das macht mich langsam irre. Wo ist seine normale schleppende Sprechweise hin?

»Natürlich kein Sekt. Den verträgst du doch nicht.«

Er zwinkert mir zu.

Mein Mann, der die Augenlider höchstens mal schneller bewegt, wenn ihm ein Insekt ins Auge geflogen ist, blinzelt mir verschwörerisch zu.

Mir wird speiübel.

Was wird hier gespielt?

»Entschuldige mich bitte kurz.«

Ich stürze auf zittrigen Beinen ins Gästebad und klatsche mir kaltes Wasser ins Gesicht.

Im Spiegel sehe ich eine leichenblasse Fremde, die aussieht, als wenn sie gerade ein schweres Zugunglück oder eine Geiselnahme überlebt hat.

»Du benimmst dich furchtbar albern. Nun reiß dich mal zusammen«, herrsche ich den Spiegel an und gehe langsam, Schrittchen für Schrittchen zurück ins Esszimmer.

Wenn ich gerade einen Nervenzusammenbruch gehabt habe, begleitet von einer schweren Sinnestäuschung, sollte inzwischen alles wieder normal sein.

Aber ein Blick auf die Acrylblumen in 90x90 reicht aus, um meine These zu widerlegen.

»Hier mein Schatz.«

Mein Mann legt mir ein »Vollkornbrötchen« auf den Teller, das er für mich aufgeschnitten hat. Keine Schrippe.

Wenigstens Butter und Konfitüre sind da. Nie war ich glücklicher sie zu sehen. Behutsam beginne ich, mir ein Brötchen zu bestreichen.

Mein Mann kaut, schluckt und redet. Ich muss mich konzentrieren, um seinen Worten einen Sinn zu geben.

»Weißt du, die Künstlerin, von der ich das Bild habe, hat gerade eine Ausstellung laufen. In der kleinen Galerie am Marktplatz.«

Er erwähnt das so beiläufig, als wäre mir die Galeristenszene in unserer Stadt ein Begriff. Als wären wir Kenner der Kunstszene.

Um das Mal klarzustellen: Wir haben nur Kunstdrucke in unserem Haus hängen, die wir bei Möbel Kraft gekauft haben.

Ich versuche, zu meiner alten Ironie zurückzufinden, und erwidere:

»Ach, die Galerie. Ich weiß.«

Doch das prallt völlig an ihm ab.

Er sagt: »Ich dachte, wir könnten da nach dem Frühstück mal hinfahren. Die hat da echt schöne Sachen hängen. Alles so ein bisschen wie das«, er zeigt auf die Blumen, »aber teilweise auch noch etwas experimenteller.«

Ich sage: »Also ich finde das auch schon ganz schön experimentell. Ich hatte erst Mühe die Blumen zu erkennen.«

»Was für Blumen? Das Bild heißt »Farbenrausch«. Wo siehst du da Blumen?«

Ich schlucke trocken. Sehe mich auf einmal in der Verteidigungsposition. Eine Rolle, die ich nicht gewohnt bin. Warum auch.

»Kann in Kunst nicht jeder das reininterpretieren, was er will?« Meine Stimme ist ein einziges raues Krächzen. Ich trinke einen Schluck Multivitaminsaft. Schmeckt mir überhaupt nicht.

»Hast du auch wieder Recht Hildchen.«

Er tätschelt mir die Schulter. Wie einem kleinen Kind. Das ist der Punkt, an dem es in meinen Ohren anfängt zu rauschen und es vor meinen Augen flimmert. Wenn man sich mit einem Bild namens »Farbenrausch« in einem Raum aufhält, ist das vielleicht auch unvermeidlich.

»Was fällt dir ein? Kaufst hier einfach irgendwelche Bilder ohne mich zu fragen. Bestimmst, was wir an einem Sonntag machen, obwohl wir immer, ich betone, immer nach dem Frühstück eine Runde um den See spazieren gehen. Und dann tätschelst du mir auch noch die Schulter wie einem dummen kleinen Ding.

Was ist eigentlich los mit dir?«

Statt einer Antwort starrt er mich nur dumpf an. Ab und zu bewegen sich seine Kiefer in einer kleinen unauffälligen Kaubewegung.

Dieses Malen der Kiefer regt mich noch mehr auf. Wenn er wenigstens regungslos, völlig regungslos dasitzen würde. Aber wie er versucht, heimlich weiter zu frühstücken, während ich ausraste, schlägt alle ehelichen Rekorde.

In einer fließenden, wie ich finde, fast anmutigen Bewegung nehme ich das Glas mit diesem lächerlichen »Multivitaminsaft« und schleudere den Inhalt gegen das Blumenbild.

»Hier. Ich glaube, die Blumen brauchten mal Wasser. Und so haben sie gleich die nötigen Vitamine dazu. Und wenn du es genau wissen willst. Ich gehe jetzt in die Küche und hole mir einen Sekt. Und dann esse ich mein Brötchen mit Marmelade und Honig. Und dann gehe ich spazieren. Wenn du willst, kannst du mitkommen. Wenn du lieber in diese »Galerie« fahren willst, kannst du das natürlich tun. Ich will dir und deinem neugewonnenen Lebensgefühl natürlich nicht im Wege stehen.«

Dann verlasse ich wie die Rachegöttin Nemesis persönlich den Raum und stapfe völlig Herrin meiner Sinne in die Küche. Ich fühle mich großartig. So lebendig. Und, ja irgendwie glücklich.

Als ich die Kühlschranktür öffne, um die Sektflasche herauszunehmen, fühle ich, dass ich nach all den morgendlichen Strapazen tatsächlich lächle.

Tut doch mal gut so ein Ausbruch.

Ich angle mir die allzu vertraute Flasche aus dem Kühlschrank und stutze schon wieder. Der Morgen der Überraschungen will, wie es scheint, schier kein Ende nehmen.

Diesmal ist es ein Briefumschlag, der mit Gummiband an der Flasche fixiert ist.

In dem Umschlag befindet sich eine durch die Feuchtigkeit im Kühlschrank leicht wellige Postkarte. Mit einem Bild von Venedig. Canal Grande.

Dort waren wir auf Hochzeitsreise. Eine kleine Welle der Nostalgie schwappt durch meine Magengrube.

Ich wende die Karte. Auf der Rückseite steht in der krakeligen Handschrift meines Mannes:

»Ich möchte mit Dir mal wieder dahin, wo alles seinen Anfang nahm.

Und von dort aus neu starten. Die alten Pfade wieder entstauben.«

Meine Sicht verschwimmt und ich muss lächeln.

Aber dies ist ein anderes Lächeln als zuvor.

Dieses Mal kommt es von Herzen.

Wer bin ich?

Mit freundlicher Genehmigung des Verlags Smartstorys.at

Sie hatten wieder einmal gestritten. Schier endlos, wie ihr im Nachhinein schien. Böse Worte waren wie Pfeile durchs Wohnzimmer gepflogen. Pfeile, vor denen man sich nicht schützen konnte. Und die immer dort trafen, wo es am meisten weh tat.

»Wer glaubst du eigentlich, dass du bist?«, hatte Gero zum Schluss gebrüllt, bereits ganz rot im Gesicht vor Anstrengung. Darauf fiel Merle keine Entgegnung mehr ein. Sie war auf einmal stumm. Stumm wie ein Fisch, der plötzlich merkte, dass er schon seit geraumer Zeit seines Elementes Wasser verlustig gegangen war, bloß bislang noch zu viel mit Zappeln beschäftigt gewesen war, um diesen Umstand zu bemerken.

Die Stille, die jetzt durch den Raum dröhnte, war fast mit Händen greifbar. Die beiden Kontrahenten, die doch Liebende sein wollten, schauten sich, wie es schien Ewigkeiten erschöpft und ratlos in die Augen. Dann wandte sie den Blick ab, drehte sich um und verließ nach einem müden Griff an die Garderobe die gemeinsame Wohnung.

Das Licht der Leuchtreklamen, das sich in den Pfützen zu ihren Füßen spiegelte, nahm Merle nur am Rande war, während sie mit gesenktem Haupt die Straße entlang ging.

Geros letzter Satz dröhnte in ihrem Kopf wie eine Klangschale, die immer von neuem angeschlagen wurde. »Was glaubst du eigentlich, wer du bist?«

Das war eine gute Frage. Bis sie heute Abend nach Hause gekommen war, hätte sie diese, ohne zu zögern beantwortet. Sie war Merle Fischer, 37 Jahre alt, verheiratet mit Gero Fischer geb. Kotzeck, wohnhaft Emilienstraße 6, in einer hübschen Altbauwohnung in Hamburg Eimsbüttel. Sie arbeitete als Verkäuferin in einer angesagten Modeboutique, und weil sie getreu dem Motto lebte: »Das Leben ist bunt«, hatte sie vor kurzem in Abendschule eine Ausbildung zur Physiotherapeutin angefangen. Warum? Weil es sie halt interessierte.

So der Stand der Dinge, bevor sie heute die Wohnung betreten hatte. Doch dann war es losgegangen:

Er: »Wo kommst du jetzt her?«

Sie: »Vom Yoga, da bin ich doch immer donnerstags.«

Er, triefend vor Sarkasmus: »Entschuldige, dass ich das vergessen habe. Ich verliere langsam den Überblick über all deine Aktivitäten. Vielleicht sollte die Dame mir einen Stundenplan ihres Lebens an den Kühlschrank heften.«

Sie verwirrt: »Was ist denn los?«

Er: »Ich habe gekocht, das ist los.«

Auf dem Tisch stand eine Flasche Wein mit zwei Gläsern, zwei Teller mit Spaghetti Bolognese und eine heruntergebrannte Kerze.

Sie, eingeschnappt: »Das kann ich doch nicht wissen, dass du ausgerechnet heute mal hausmännliche Anwandlungen bekommst.«

Er: »Wie sollst du das auch wissen, wo dich mein Leben anscheinend überhaupt nicht mehr interessiert. Jetzt wo du auf dem Selbstverwirklichungstrip bist.«

Den Rest des Streits schob Merle gedanklich beiseite. Es war einfach zu unschön.

Trotzdem blieb ein schaler Nachgeschmack. Auftritte dieser Art häuften sich in letzter Zeit. Sie wusste nicht warum. Hatte Gero mit seinen Vorwürfen womöglich recht? War sie auf dem besten Weg sich in eine egozentrische Zicke zu verwandeln? Gedankenversunken war sie vor einem Lokal stehengeblieben und bemerkte bei näherem Hinsehen, dass es sich um den Chinesen handelte, bei dem sie häufiger aßen. Ihr Magen knurrte und wies sie unmissverständlich darauf hin, dass er heute Abend noch nichts zu essen bekommen hatte.

Sie trat ein. Hinter der Theke grinste ihr Han, der dauer-freundliche Ladenbesitzer entgegen. Ansonsten war der Laden menschenleer. Wie so oft.

»Na, lange nicht hiergewesen«, begrüßte er sie.

Tatsächlich?, dachte sich Merle still, lächelte aber nur flüchtig, während sie sich auf einen der Hocker schob.

»Nummer 37 wie immer?«, fragte Han und goss bereits Öl in eine Pfanne.

Sie nickte und schaute aus dem Fenster, in deren Scheibe sich aufgrund der Schwärze draußen jedoch nur sie selbst spiegelte. Sie betrachtete eine Weile das schmale Gesicht mit den großen Augen und den sanft geschwungenen Lippen. »Mit den Augen kannst du alles haben«, hatte ihre Freundin Sabine manchmal neidisch gesagt. Wobei dieser Neid aus Merles Sicht keinerlei Berechtigung besaß. Sie hatte noch nie aus ihrem, wie sie selbst fand, recht pas-sablen Erscheinungsbild Kapital geschlagen.

Ihre Gedanken wurden je von einem Teller mit dampfendem Essen unterbrochen, das Han vor sie hinschob.

»Guten Appetit«, grinste er und zog sich wieder hinter seinen Tresen zurück.

Merle murmelte einen Dank und betrachtete dann die Speise vor sich, als sähe sie dieses Gericht zum ersten Mal. Nummer 37 bestand aus zweifach gebratenem Schweinefleisch in süßsaurer Soße mit Reis. Vorsichtig probierte sie einen Bissen. Schmeckte irgendwie merkwürdig. War das schon immer so gewesen? Nach dem dritten Happs legte sie den Löffel beiseite. Sie hatte das Gefühl, dass ihr übel würde, wenn sie jetzt weiteraß.

Einem Impuls folgend, wandte sie sich nach dem kleinen Asiaten um und rief: »Han?« Eilfertig kam er an ihren Tisch und verzog sorgenvoll das Gesicht, als er den vollen Teller sah. »Ist nicht gut?«

»Doch, doch«, versicherte Merle schnell, »ich habe bloß nicht so viel Hunger heute. Ich wollte dich etwas fragen.«

»Ja.«

»Wer bin ich eigentlich?« Sofort als die Frage heraus war, kam Merle sich unglaublich dämlich vor, aber zurücknehmen ging ja nun nicht mehr.

Han schaute auch entsprechend skeptisch, bevor er vorsichtig meinte:

»Du bist gute Gast. Kommst immer mit deine Mann. Isst immer Nummer 37.« Er zuckte hilflos mit den Schultern.

Merle versucht ein Lächeln, das sich allerdings eher kläglich auf ihrem Gesicht anfühlte, und kramte ihre Geldbörse hervor. In einer fließenden Bewegung schob sie Han das

Geld über den Bistrotisch und rutschte gleichzeitig vom Hocker.

»Danke Han«, sagte sie, während sie sich bereits zum Gehen wandte.

»Du kommst bald wieder?«, hörte sie Hans unsichere Stimme hinter sich.

Ohne sich umzudrehen, hob sie grüßend die Hand, dann stand sie wieder draußen in der kühlen Abendluft.

Ihr Magen knurrte erneut. Jetzt drängender als zuvor. Als Merle um die Ecke bog, stand sie unversehens vor dem »El Matador«, einer spanischen Tapasbar, die Gero und sie bislang gemieden hatten. »Zu prollig der Schuppen«, hatte ihr Mann abschätzig gesagt und auch ihr war die gegelte Schickeria, die sich in das stets volle Lokal schob, immer etwas suspekt gewesen. Aber heute?

»Wenn man nicht weiß, wer man selbst ist, sollte man vielleicht auch nicht davon ausgehen, dass man weiß, wer die anderen sind«, dachte Merle und betrat das Lokal. Der Laden war bereits gut besucht. Lautes Stimmengewirr mischte sich mit spanischsprachiger Popmusik, die aus Boxen von der Decke drang. Die Tische in dem kleinen Gastraum waren alle besetzt. Etwas eingeschüchtert von der Menschenmasse bahnte sie sich ihren Weg durch die engen Stuhlreihen Richtung Theke. Dort waren noch Barhocker frei. Sie rutschte auf einen freien Sitz und sah sich verstohlen um.

Bei Betrachtung des Publikums stellte sie fest, dass sehr geschniegelte Herrschaften zugegen waren, sie im Cocktailkleid, er im weißen Anzug mit schwarzem Hemd. Aber es saßen auch durchaus Leute in Jeans und Sweatshirt an den Tischen. Das entspannte sie ein wenig.

»Was darf's denn sein?«, holte eine weibliche Stimme sie wieder in die Realität zurück.

Hinter der Bar stand eine dunkelhaarige Schönheit in einem rot-schwarzen Flamencokleid. Aufmerksam musterte sie Merle aus schwarzumrandeten Augen.

»Nun?«, fragte sie schließlich. Merle fiel jetzt erst auf, dass sie ihr Gegenüber angestarrt hatte. »Was können sie denn empfehlen?«, fragte sie hastig und sah sich nach einer Speisekarte um.

»Schmeckt alles«, erwiderte die Bedienung lakonisch, »kommt drauf an, was du so magst.«

Da sich Merle nach der Begebenheit beim Chinesen dessen nicht mehr so sicher war, sagte sie: »Bringen sie mir einfach irgendwas. Ich war noch nie hier.«

»Also einen kleinen Tapasteller«, sagte die Flamencotresenfee zufrieden, als habe Merle statt einer unfundierten Essensbestellung eine philosophische Lebensweisheit von sich gegeben. »Da kannst du alles mal probieren.« Mit diesen Worten verschwand sie durch eine Schwingtür, die vermutlich in die Küche führte.

Nach erstaunlich kurzer Zeit kam sie zurück, umrundete den Tresen und stellte einen Teller mit dampfenden Köstlichkeiten vor Merle ab. Einiges davon wie die Datteln im Speckmantel oder den gebackenen Ziegenkäsetaler konnte sie identifizieren, vieles jedoch nicht.

»He, wo bleibt eigentlich mein kleiner Tapasteller? Ich warte schon ewig«, rief ein Mann mit Vollglatze und runder Philosophenbrille über das Stimmengewirr der Bedienung zu. Diese rollte die Augen und flötete über die Schulter hinweg: »Kommt gleich Benno. Soll ja auch gut werden, nicht?« Dann raunte sie Merle zu: »Du hast seine Bestellung gekriegt. Sah für mich so aus, als ob du es nötiger hättest. Außerdem nervt der Typ. Vielleicht schaffe ich es ja doch noch eines Tages, ihn durch miesen Service zu vergraulen.« Sie zwinkerte der über so viel frohgemute Unverfrorenheit verblüfften Merle zu und schritt dann anmutig zu einem Tisch, wo die Gäste durch Gestikulieren zu verstehen gaben, das sie zahlen wollten.

Während Merle sich durch die kleinen Köstlichkeiten probierte und eines schmackhafter fand als das andere, beobachtete sie die Kellnerin, wie sie flink wie ein Wiesel durch den Raum glitt, hier etwas abräumte, dort Speisen verteilte und dabei immer noch einen flotten Spruch auf Lager hatte.

Schließlich blieb sie vor Merle stehen und fragte mit dem Kinn auf den leeren Teller deutend: »Und, war geil oder?« Das hätte Merle zwar etwas anders ausgedrückt, stimmte jedoch lächelnd zu.

»Ich heiße übrigens Yvonne«, stellte sich die nette Bedienung vor und fügte hinzu,

»und wir machen gleich zu.« Erschrocken stellte Merle mit einem Blick auf ihre Armbanduhr fest, dass es kurz vor Mitternacht war. Kein Wunder, dass sich der Gastraum mittlerweile bis auf zwei Gäste geleert hatte.

»Keine Panik«, meinte Yvonne beruhigend, »entweder gibst du der netten Kellnerin gleich noch ein exorbitantes Trinkgeld oder du wartest noch kurz, bis Carlos in der Küche fertig ist, und spendierst uns dann noch einen Absacker im Caspari.«

»Also eigentlich muss ich morgen früh raus«, sagte Merle zögernd.

»Schlafen kannst du auch noch, wenn du tot bist«, stellte Yvonne trocken fest, schnappte sich Merles Geschirr und verschwand in der Küche.

Die letzten Gäste schlüpften jetzt in ihre Mäntel und verließen das Lokal. Aus der Küche hörte Merle Geschirrklappern, dazu eine dunkle Männerstimme und Yvonnes helles Gelächter. Unruhig rutschte sie auf ihrem Hocker herum. Es wäre ein Leichtes, jetzt das Geld auf den Tresen zu legen und zu verschwinden. Nach dem heutigen Abend müsste sie nie wieder hierherkommen. Sie könnte nach Hause gehen, sich neben den vermutlich schlafenden Gero ins Bett legen und weiterleben wie bisher. Sich morgen früh mit ihrem Mann aussprechen. Mal wieder. Zur Arbeit gehen. Die Boutique aufschließen. Den Eimsbüttler Kundinnen versichern, dass ihr von zahlreichen Diäten und Fitnessstudioeinheiten gestählter Körper in diesem Etuikleid fabelhaft aussähe. Auf einmal wurde Merle schlecht.

Sie stürzte vor die Tür und sog gierig die kalte Luft in ihre Lungen. Nur allmählich beruhigte sich ihr Atem und die Übelkeit legte sich. Die Tür neben ihr klappte und Yvonne hielt ihr ihre Jacke entgegen. »Bisschen frisch für ohne«, lachte sie. Sie hatte sich ihres Flamencokleides entledigt und trug jetzt Jeans und eine Lederjacke. Neben ihr erschien ein großer dunkelhaariger Mann mit der Statur eines Möbelpackers. Interessiert musterte er Merle aus dunklen Augen, während er sich routiniert eine Zigarette anzündete.

»Das ist Carlos, der Mann, an den du deine kulinarische Jungfräulichkeit verloren hast«, erklärte Yvonne fröhlich. Merle spürte, wie sich, ob dieser Beschreibung Hitze in ihrem Gesicht ausbreitete. Carlos nickte grüßend und zog dann wieder unbeeindruckt an seinem Glimmstängel.

»Und wo wir gerade dabei sind«, fuhr Yvonne fort, »wer bist du eigentlich?«

Merle verharrte einen Augenblick mit gesenktem Kopf, schüttelte ihn erst unmerklich, dann immer heftiger, um schließlich mit gepresster Stimme zu sagen: »Ich weiß es nicht.«

»Hey, keine Panik«, sagte Yvonne, und hakte sich erst bei Merle, anschließend bei Carlos unter, »das weiß ich auch manchmal morgens nicht, wenn ich in den Spiegel gucke. Also wir gehen jetzt ins Caspari, trinken ein Gläschen und dann finden wir gemeinsam raus, wer du bist, okay?«

Merle nickte. Tränen brannten in ihrem Hals. Sie schluckte sie runter und fragte mit heiserer Stimme: »Und wenn mir diejenige nicht gefällt, die ich bin?«

Yvonne überlegte, während sie zu dritt die Straße überquerten. Schließlich sagte sie zögernd: »Weißt du, ich hatte auch einmal eine Phase in meinem Leben, in der ich mich selbst nicht leiden konnte.«

»Und was hast du gemacht?«, wollte Merle gespannt wissen.

Die junge Kellnerin wirkte entgegen ihrer sonstigen fröhlichen Art etwas verlegen, als sie erklärte: »Man kann es lernen, das anzunehmen, was man in sich selbst erkennt.

Und die Teile, die dich wirklich nerven, kannst du mit der Zeit ändern. Dazu braucht es allerdings Geduld. Und gute Freunde.«

Beinahe scheu sahen sich die beiden Frauen in die Augen, während Carlos ihnen bereits leicht ungeduldig von einem Bein aufs andere tretend, die Kneipentür aufhielt.

»Würdest du mir dabei helfen?«, fragte Merle schüchtern.

Yvonne lächelte herzlich: »Aber klar. Und nun komm. Vor jedem Reset stet ja bekanntlichermaßen der große Absturz. Cocktails wir kommen!«

Und so trat Merle das zweite Mal an diesem Abend beherzt durch eine Tür, von der sie nicht wusste, was sich dahinter verbarg. Doch diesmal voller Hoffnung.

Wie ich meine Berufung fand

Geschrieben für die Jubiläumslesung zum 10-jährigen Bestehen der Malschule »mopsblau« in der Stadtbücherei Buchholz am 19.05.2017.

Der Raum war karg. Weiße Wände fletschten mich wie gebleichte Zähne an. Kein Bild an der Wand, das den Eindruck gemildert hätte. Einzig ein unterdimensioniertes Fenster unterbrach das weiße Inferno. Hier im dritten Stock gab es den Blick auf einen grauverhangenen Himmel frei, der den Augen nicht viel Abwechslung bot.

Nur die orangen Plastikstühle, die in der Mitte des Raumes zu einem Miniaturstuhlkreis angeordnet waren, bildeten einen kreischenden Farbtupfer. Nur war davon nicht viel zu sehen, weil 5 von den 6 Stühlen bereits belegt waren.

Wir warteten auf den Letzten alles entscheidenden Stuhlbeleger und füllten das Zimmer inzwischen mit unserem unbehaglichen Schweigen. Ab und zu quietschte einer der Stühle mitleiderregend, wenn einer von uns seine Position änderte.

Endlich stürzte ein dürres Männlein mit fusseligem Bart und schütterem Haarkranz in den Raum und ließ sich mit einem atemlosen: »Entschuldigt die Verspätung« auf die letzte Sitzgelegenheit sinken. Während sich sein Atem langsam beruhigte, funkelte er uns durch dicke Brillengläser fröhlich an. Musterte uns einem nach dem Anderen, bis er so unvermittelt anfing zu sprechen, dass ich zusammenzuckte.

»Hi, ich bin Sören. Ich leite das Ganze hier.«

Er lachte meckernd wie über einen gelungenen Witz. Niemand von uns stimmte ein.

Sören stupste ein blasses Mädchen in elfenbeinfarbenem Spaghettitop an, das ihm am nächsten saß.

»Fang du doch mal mit der Vorstellungsrunde an. Name und der Grund, warum du hier bist, genügt erst mal.«

Das Mädchen schaute scheu in die Runde, bevor es den Blick senkte und hastig hervorstieß:

»Ich bin Sylvia. Ich habe Angst vor Eichhörnchen.«

»Danke Sylvia. Jetzt du.«

Sören deutete mit dem Kinn auf Sylvias Nebenmann, einen beleibten Mittvierziger mit ausladenden Körperabmessungen.

»Hallo. Ich heiße Lukas und habe eine Vogelphobie.«

Neben Lukas saß ich.

Und ich fragte mich zum wiederholten Mal an diesem Tag, warum ich auf die Zeitungsannonce reagiert hatte.

»Haben Sie Angst vor Tieren? Lösen sie ihr Problem an nur einem Wochenende. Zertifizierter Coach führt sie mittels erprobter Methoden wieder zurück in ein entspanntes Leben. Kleine Gruppe. 100 Euro.«

Vielleicht waren es die hundert Euro gewesen. Die Hoffnung so billig davonzukommen, hatte ich schon lange aufgegeben. Hatte mich damit abgefunden, dass mir nicht zu helfen war. Ich hatte mein Leben auch so ganz gut eingerichtet, ohne dass mich meine Ängste im Schlaf verfolgt hätten. Doch dann hatte ich Fiete getroffen. Den Mann meines Lebens.

Und der hatte mir am Tag nach unserer Verlobung gestanden, dass er den Hof seiner Eltern übernehmen wolle, auf dem sich just die Tiere zuhauf tummelten, die ich auf den Tod nicht ausstehen konnte.

Ich erwachte aus meinem Tagtraum und sah mich Sörens aufmunterndem Blick gegenüber.

»Ich heiße Tabita und ich hasse Kühe.«

Mann klang das bescheuert. Aber ich befand mich in bester Gesellschaft.

Denn neben Sylvia und Lukas war da noch Nicole mit Regenwurmängsten und Bernd mit Hundeproblemen.

Ich war also nicht allein in meiner kleinen Welt der Absurdität. Nur dass mich das nicht sonderlich tröstete.

Sören hatte mir am Telefon erklärt, dass er mein Problem mit Hilfe der sogenannten »massiven Reizkonfrontation« zu heilen gedenke. Einer Methode, bei der man den Patienten mit dem Objekt bzw. Subjekt seiner Pein in einer Weise konfrontiert, die die größtmögliche Angststufe auslöst. Der Gequälte muss so lange in der Situation verbleiben, bis die Angst nachlässt und sich schließlich zur Gänze auflöst. Sören hatte hinzugefügt, dass es gerade die Gruppensituation sei, die jene Methode bei ihm so effektiv mache. Die Teilnehmer könnten sich gegenseitig moralisch unterstützen.

Und nun saß ich hier und war gleichermaßen von Angst, Hoffnung und Skepsis erfüllt.

Insbesondere die Skepsis verstärkte sich, als Sören sich nach der Vorstellungsrunde erhob und uns aufforderte »Mein Rechter, rechter Platz ist frei« zu spielen.

Er bezeichnete dies als vertrauensbildende Maßnahme.

Nach anfänglichem Befremden kamen wir uns bei der anschließenden »Reise nach Jerusalem« langsam näher.

Besonders als ich mich beim Versuch noch einen Stuhl zu ergattern, Lukas auf den Schoss warf.

Sören schien mit dem Ergebnis seiner Kontaktspiele zufrieden und verfrachtete uns allesamt in den Linienbus Richtung Stadtpark. »Dort«, so erklärte er mit getragener Stimme, »werden wir den ersten Teilnehmer von seiner Pein erlösen«.

Ich hatte im Stadtpark noch nie Kühe gesehen und war daher optimistisch, dass nicht ich die erste Probandin sein würde.

Eichhörnchen, Hunde, Regenwürmer und Vögel würden dort jedoch ohne weiteres anzutreffen sein.

Als Sören vor Ort eine Tüte Erdnüsse aus der Tasche zog, wurden die Eichhörnchengeplagte und der Vogelantipath gleichermaßen bleich.

»Keine Sorge Lukas. Du bist noch nicht dran. Wir beschäftigen uns erst mal mit Sylvias Problem.«

Das entspannte Lukas zwar ungemein, aber Sylvia wurde, wenn dies überhaupt möglich war, noch blasser und fing an zu zittern. Als das erste zahme Stadtparkeichhörnchen vom Baum herabstieg und witternd einige Meter von uns entfernt stehenblieb, stieß Sylvia einen spitzen Schrei aus und rannte davon.

Das erschreckte Eichhörnchen tat es ihr gleich. Nur, ohne zu schreien, aber vermutlich innerlich den Kopf schüttelnd über so viel menschlichen Unverstand.

Sören erklärte fröhlich, er werde Sylvia nachher anrufen und das mit ihr klären. Sie käme dann halt morgen dran.

Wir waren alle etwas schockiert von diesem ersten Therapieergebnis und fuhren schweigend mit der U-Bahn weiter in die Innenstadt. Als wir aus dem Schacht an die Oberfläche emporstiegen, kam Lukas vor zittrigen Knien kaum die Treppe hoch.

Er wusste, dass wir am taubenreichsten Platz der ganzen Stadt ausgestiegen waren.

Er hielt dann auch nicht ganz so lange durch wie Sylvia.

Sobald er das Flügelschlagen hörte, trat er den Rückzug an.

Ich nutzte die allgemeine Aufregung, um mich ebenfalls davonzustehlen. Ich hatte es gründlich satt mich von diesem Möchtegerncoach verscheißern zu lassen und fuhr gefrustet nach Hause. Die 100 Euro hätte ich ebenso gut in Schuhe investieren können.

Davon hätte ich mehr gehabt.

Einige Stunden und diverse Vanillewodkas später war ich wesentlich entspannter, aber noch genauso wütend auf Sören wie zuvor. Zumal sich meine Lage kein bisschen gebessert hatte. Doch zusammen mit dem Alkohol floss nun auch Trotz durch meine Adern. Und so stellte ich mich leicht schwankend vor den Flurspiegel, sah mir tief in die Augen und sagte:

»Tabita. Die können uns alle mal. Das können wir auch alleine. Hicks.«

Ich ging hinunter in den Fahrradkeller und holte fluchend unter mehren vergeblichen Anläufen meinen eingestaubten Drahtesel hervor.

Dann fuhr ich schlingernd stadtauswärts. In diesem Fall erwies es sich von Vorteil, dass ich am Stadtrand wohnte, fast schon in der Natur. Also in mittelbarer Nähe einer Kuhweide, die ich unter normalen Umständen tunlichst mied.

Denn sobald ich eine oder gar mehrere Kühe sehe, setzt mein Fluchtinstinkt ein.

Ich muss ungefähr vier Jahre alt gewesen sein, als ich auf einer Wiese eingeschlafen bin. Aufgewacht bin ich von etwas Nassem, Rauen in meinem Gesicht. Als ich die Augen aufschlug, sah ich mich einer riesigen Zunge und einem noch gewaltigeren Kuhkopf gegenüber.

Schreiend und weinend rannte ich nach Hause und habe seitdem immer meine private Bannmeile um Kühe gezogen. Diese durchbrach ich heute. Ich fuhr direkt an die Weide heran, stolperte wenig graziös von meinem Rad und blieb stehen. Mein Herz raste, meine Beine zitterten, mir war schwindelig, aber ich blieb stehen. An einer Weide mit mindestens 30 Kühen, wobei einige bestimmt nur 5 Meter von mir entfernt waren. Eigentlich hätte von irgendwoher »Also sprach Zarathustra« ertönen müssen, so bahnbrechend war dieser Moment für mich. Aber bis auf das träge Grasrupfen der Kühe war alles still und friedlich.

Kein menschliches Wesen war Zeuge dieses Augenblicks, als ich mich meiner Angst stellte. Und auch die Kühe beachteten mich nicht weiter.

Und so stand ich da mit all meiner Angst und fragte mich: Wie lange muss ich hier stehen, bis es genug ist? Reicht das jetzt schon? Habe ich durch diese Mutprobe, vor der ich mich all die Jahre gedrückt habe, mein Problem gelöst?

Es fühlte sich leider überhaupt nicht so an, denn bei dem Gedanken demnächst in unmittelbarer Nähe eines Kuhstalls zu wohnen, verstärkten sich meine Symptome noch und ich musste mich an einem Zaunpfosten festhalten, weil meine Beine drohten, unter mir nachzugeben.

Meine unvermittelte Bewegung veranlasste nun eine der Kühe, aufzublicken. Sie sah mich an, wedelte mit den Ohren ein paar Fliegen weg und kam zu meinem Entsetzen direkt auf mich zu.

Ich wollte fliehen. Auf mein Rad springen, auf und davon radeln, meine Verlobung lösen, aus der Stadt fliehen, irgendwohin wo es diese Tiere nicht gab, ihnen nie wieder begegnen müssen.

Aber all diese Szenarien spielten sich nur in meinem Kopf ab. In Wirklichkeit blieb ich stehen und schaute dieser Kuh entgegen. Mit all diesen entsetzlichen Empfindungen und Gedanken, die mich durchströmten. Sah ihr entgegen, bis sie schließlich in Armeslänge Entfernung stehenblieb.

Und da standen wir nun. Auge in Auge. Eine Ewigkeit schien ins Land zu ziehen. Ich versank immer mehr in diesen dunklen Kuhaugen und merkte, wie ganz langsam meine Beine meinem Körper wieder festeren Halt boten, mein Herzschlag sich wieder beruhigte und meine Atmung sich vertiefte.

Die Kuh schaute mich weiter aufmerksam an, als nehme sie gerade an einem Experiment teil, was sie auf eine Art ja auch tat und dann, ja dann geschah etwas, was ich kaum in Worte fassen kann, weil es auf eine Art so unheimlich und dabei gleichzeitig so friedlich war.

In meinem Kopf formten sich Worte, die nicht meine Eigenen waren, die ich vielmehr empfing von dem Wesen, das vor mir stand. Ich hörte in meinem Inneren den Widerhall der Worte:

»Hallo, ich heiße Rosa. Mir ist langweilig. Die anderen hier sind so doof. Spielst du mit mir?«

Das wäre jetzt der richtige Augenblick gewesen, um wahnsinnig zu werden, aber ich nahm diesen Moment so hin, wie er war, was vielleicht auch dem Wodka geschuldet war und sagte schlicht:

»Ich bin Tabita. Was möchtest du denn spielen?«

Rosa wandte den Kopf erst nach links, dann nach rechts, etwas unschlüssig wie mir schien und sagte dann:

»Weiß nicht. Ich zeig dir mal, was ich sonst so mache, wenn mir langweilig ist.«

Und sie trottete am Zaun entlang los. Ich hinterher.

Vor einem Gebüsch blieb sie stehen und deutete mit einer Kopfbewegung auf einen Haufen Plastikbesteck.

»Das habe ich gefunden. Und neu geordnet. Ich finde, jetzt sieht es irgendwie hübsch aus.«

Ich betrachtete das Plastikarrangement und musste ihr Recht geben. Es hatte etwas. Sah aus wie ein Kunstwerk, das ich mal in einem Museum gesehen hatte. Mir kam eine Idee.

»Soll ich dir mal etwas zum Malen mitbringen? Hättest du Lust mit Farben zu experimentieren?«

»Das klingt toll. Das würde ich gerne machen.«

Ich versprach, am nächsten Tag wiederzukommen.

Und ich hielt Wort.

Am kommenden Morgen fuhr ich mit einer Leinwand und Acrylfarben beladen zurück zur Weide. Ich hatte immer noch ein bisschen zittrige Knie, aber die Neugier, ob sich das Erlebnis vom Vorabend wiederholen würde, überwog.

Rosa stand bereits etwas abseits der Herde, und schien auf mich gewartet zu haben.

Unruhig lief sie ein paar Mal im Kreis, bis ich endlich alles ausgepackt hatte, nahm, nach meinen einleitenden Worten eifrig einen Pinsel ins Maul und fing an, die Leinwand mit Farben zu verschönern. Bald zierten Farbspritzer ihre Schnauze.

Als sie fertig war, betrachteten wir einträchtig ihr Werk. Abstrakte Kunst in Lila.

»Das habe ich gemalt. Es hat so einen Spaß gemacht. Und es ist so schön.«

Eine Träne rollte ihr übers Gesicht.

»Jetzt musst du dem Bild auch noch einen Namen geben.«

Rosa überlegte. Dann sagte sie feierlich:

»Ich taufe dieses Bild auf den Namen: »Frosch in der Abenddämmerung«.«

Das Bild erhielt mit Rosas Einverständnis einen besonderen Platz in meiner Wohnung.

In der Folgezeit stellte ich fest, dass ich nicht nur die Botschaft dieses einen Tieres, sondern auch die zahlreicher Anderer empfangen konnte. Ich unterhielt mich mit den Meisen auf meinem Balkon, mit der Nachbarskatze und mit den Hunden auf der Straße. Es ging so weit, dass ich Aufträge von Tieren erhielt, ihre Besitzer anzusprechen und sie auf Missstände hinzuweisen. Pferde sprachen mich an, wenn ich an ihrer Koppel vorbeikam und sagten, dass sie die kratzigen Pferdedecken nicht mehr tragen wollten.

Ich traf Katzen, die lautstark gegen die Bevormundung ihrer Ausgangszeiten protestierten und eine Katzenklappe einforderten.

Es war gigantisch, wie groß der Andrang wurde. Und auch unter den Besitzern sprach es sich herum, dass ich mit ihren Lieblingen kommunizieren kann.

Heute lebe ich davon, zwischen Tieren und ihren Haltern zu vermitteln.

Mit Rosa bin ich bis heute befreundet. Wir malen regelmäßig zusammen.

Der rote Lederranzen

Mit freundlicher Genehmigung des Verlags Smartstorys.at

Nachdenklich lehnte er sich im Stuhl zurück und betrachtete die orangerote Flüssigkeit in seinem Glas. Immer wenn er es schwenkte, klingelten die darin schwimmenden Eiswürfel. Das dezente Geräusch fügte sich perfekt in das Rauschen der Wellen ein, die an den nahe gelegenen Strand schlugen.

»An was denkst du gerade?«

Die untergehende Sonne blendete ihn, als er seine Frau anblickte. Er konnte ihren Gesichtsausdruck nicht erkennen, aber er kannte sie lange genug, um zu wissen, dass ihre braunen Augen besorgt dreinblickten. Das war seit geraumer Zeit Standard, wenn es um ihn ging.

Ein hartes Jahr lag hinter ihm. Letztlich hinter ihnen beiden. In seiner Firma war der Stellenabbau um sich gegangen. Ihn hatte es zwar nicht getroffen, doch heutzutage war nicht mit Sicherheit zu sagen, wer bei solchen Firmenumstrukturierungen die Verlierer waren. Diejenigen, die gehen mussten oder diejenigen, über die sich die höhere Arbeitsbelastung wie siedendes Blei ergoss.

Außerdem war sein Vater gestorben. Der Kontakt war in den letzten Jahren nicht sehr intensiv gewesen. Trotzdem hatte es ihn tiefer getroffen, als er ursprünglich gedacht hatte.

Er rieb sich mit der freien Hand die brennenden Augen.

»An nichts Bestimmtes«, brummelte er schließlich als Entgegnung und stellte das Glas mit einem lauteren Poltern als beabsichtigt auf den Tisch zurück.,

»Na dann«, seufzte sie und winkte dem Kellner, um zu zahlen. So ging das die ganze Zeit, seit sie hier auf der Insel waren. Die mühsam erkämpfte Erholung wollte sich nicht einstellen. Eine Sprachlosigkeit stand zwischen ihnen, die es so nie gegeben hatte. Und er wusste, dass es seine Schuld war. Er hatte das Gefühl, dass sein Körper am Urlaubsort gelandet war, während sein Geist sich immer noch in 10.000 Meter Höhe befand und verzweifelt nach einem Fallschirm suchte.

Die Trauerfeier seines Vaters war kurz und verhältnismäßig emotionslos verlaufen. Eine kleine, schmucklose Kapelle, ein Trauerredner, dessen Worte eine Beliebigkeit ausdrückten, die wohl niemandem der Anwesenden Trost spendete. Fast war er geneigt, sich durch einen Blick in den Sarg zu vergewissern, dass es wirklich sein Vater war, der dort lag. Zur Urnenbeisetzung einige Wochen später war er gar nicht erst hingegangen. Dringende Termine, wie er seiner Frau Ulrike erklärt hatte. Vielleicht war dies der Zeitpunkt gewesen, als der besorgte Ausdruck in ihren Augen auftauchte. Er konnte es nicht mit Sicherheit sagen. Die Zeit war an ihm vorbeigehastet, während er versuchte, Schritt zu halten. Nun war er hier.

Erst jetzt merkte er, dass seine Frau nicht mehr neben ihm ging. Sie war an einem Laden stehengeblieben und der Nachdrücklichkeit ihrer Worte entnahm er, dass sie ihn nicht zum ersten Mal ansprach. »Wollen wir noch Karten schreiben?«

»Von mir aus«. Innerlich seufzend wollte er sich gerade zu ihr gesellen, als sein Blick am Schaufenster des benachbarten Geschäftes hängenblieb.

Dort waren Lederwaren aller Art ausgestellt, unter anderem auch ein leuchtend roter Lederranzen. Genau so einen hatte er damals in der Grundschule besessen.

Wie ferngesteuert betrat er den Laden und nahm den Ranzen aus der Auslage. Er befühlte das genarbte Leder. Sog den Duft ein. Schloss die Augen. Er war wieder sieben Jahre alt, trottete nach Schulschluss seine Wohnstraße entlang. Zwei Schulkameraden gingen links und rechts von ihm. Sie rangelten, liefen um die Wette. Der eine zog an seinem Tornister, um ihn aufzuhalten. Da war es geschehen. Die Nähte lösten sich und sein Ranzen fiel in den Rinnstein. Sein schöner roter Ranzen. Sein ganzer Stolz. Er war kaputt.

Weinend war er nach Hause gestürmt. Hatte sich schluchzend in seinem Zimmer eingeschlossen. Erst die Stimme seines Vaters an der Tür hatte ihn zum Herauskommen bewogen. Dieser hatte das demolierte Stück prüfend angesehen. Dann hatte er ihm über den Kopf gestreichelt und gesagt: »Das kriege ich schon wieder hin.« Am nächsten Tag hatte er den Ranzen mit in die Firma genommen und ihn vernietet.

»Alles Schrott heute«, hatte er gebrummelt, als sein Sohn ihn aufprobierte, doch seine Augen strahlten Zufriedenheit aus, als er sah, dass die Reparatur hielt.

Der kleine Junge war sehr stolz gewesen, dass sein Vater so etwas reparieren konnte. Wie er so vieles einfach mal eben »hingekriegt« hatte.

Er schrak zusammen, als er die Hand auf seinem Arm spürte. Ulrike war ihm unbemerkt in den Laden gefolgt. »Hattest du mal so einen?«, fragte sie behutsam. Er nickte nur stumm und griff dankbar nach dem Taschentuch, das sie ihm reichte.

Zum Ladenbesitzer gewandt, der sich leicht unbehaglich im Hintergrund herumdrückte, sagte sie: »Den nehmen wir.« Wieder schwappte orangerote Flüssigkeit im Glas, begleitet von sanftem Eiswürfelgeklingel. Doch diesmal hielt er mit der anderen Hand den Ranzen auf seinem Schoss fest, wenn er nicht gerade gestikulierte, um eine besonders gelungene Anekdote über seinen Vater mit Gesten zu unterstreichen. Auf der anderen Seite des Tisches saß seine Frau und lachte und weinte mit ihm über all die kleinen und großen Begebenheiten, die ein Menschenleben ausmachen. Der besorgte Ausdruck war gänzlich aus ihrem Gesicht verschwunden. Der Ranzen auf seinem Schoß hatte ihn etwas gelehrt. Wenn unsere Lieben uns verlassen, müssen wir Lebenden dafür Sorge tragen, dass wir nicht mit ihnen sterben. Unsere Aufgabe besteht darin, sie und ihre Lebensgeschichten in unseren Herzen wohnen zu lassen.

Den Ranzen schenkte er am Abflugtag einem Kind, das sich sehr darüber freute. »Ich glaube, du kannst ihn besser gebrauchen, als ich. Und wenn er mal kaputt geht, kann dein Papa ihn bestimmt für dich reparieren.«

»Oh ja«, hatte das Kind strahlend erwidert, »mein Papa kann alles!«

Zwei Steine treffen sich

Meinem Vater gewidmet.
Mit freundlicher Genehmigung des Verlags Smartstorys.at

Als mein Vater 72 Jahre alt war, passierte zweierlei.
Zunächst versuchte ein Arzt ihn erst mit der Diagnose
Rheuma und als sich dies als haltlos herausstellte, mit Par-
kinson zu beglücken. Doch auch diese Erkrankung erwies
sich als bloße Mutmaßung eines übereifrigen Mediziners.
Nachdem sich diese Sachverhalte geklärt hatten, trat Ereignis zwei ein: Mein Vater marschierte in die Praxis desjeni-
gen, der mit seiner teuren Apparatediagnostik seelisches
Ungemach bei ihm ausgelöst hatte. Dort zerstörte er weite
Teile des Praxisinventars, inclusive Untersuchungsgeräte,
mehrerer Aktenschränke und einer Topfpflanze, die der
Arzt aus seinem letzten Urlaub in Spanien mitgebracht
hatte. Es war das Ableben dieser Pflanze, wie der Psycho-
therapeut später bemerkte, der beim Doktor den Tropfen
zum Überlaufen brachte und einen Nervenzusammenbruch
verursachte, von dem sich der Mann die nächsten drei Jahre
nicht erholen sollte. Mithin wäre es meinen Vater deutlich
billiger gekommen, er hätte lediglich die Topfpflanze zer-
stört, doch wer ahnt das schon.
Es entstand letztlich ein Schaden in sechsstelliger Höhe,
deren Anblick im Brief der Versicherung meinen Vater zu
dermaßen hysterischem Gelächter veranlasste, dass ich mir
ernsthaft Sorgen um seine Luftzufuhr machte. In dem
Schreiben teilte der Sachbearbeiter ferner mit, dass Vanda-
lismus, den er selbst verursache, nicht Vertragsbestandteil

sei und er deshalb bitte höchstpersönlich in die Tasche greifen möge. Dies löste einen zweiten Lachanfall aus, so dass
ich ihm den Brief fortnahm und ihm vorsorglich eine
Bacardi Cola zur Beruhigung brachte. »Und nun?«, fragte
ich, während ich ihm das Getränk reichte.
Er nippte nachdenklich am Glas und meinte schließlich:
»Das ist eine gute Frage. Meinst du, ich lebe noch lange
genug, dass ich die Summe zahlen muss?«
Ich musterte ihn, wie er so in seinem Sessel saß, in einer
etwas zusammengesunkenen Haltung zwar, aber einem
Funkeln in den Augen, das nun wahrlich nicht auf ein baldi-
ges Ableben hindeutete.
Daher nickte ich nur bedeutungsvoll.
»Scheiße«, meinte er trocken.
Dem blieb von meiner Seite nichts hinzuzufügen.
Nachdem wir noch eine Weile in trautem Schweigen bei-
sammengesessen hatten, erhob er sich etwas hüftsteif und
trottete langsam Richtung Garderobe.
Er zog sich umständlich die Jacke an und griff nach seiner
Geldbörse, die er eine Zeitlang betrachtete, als sähe er sie
das erste Mal.
»Was hast du vor?«, fragte ich ihn behutsam.
Er wandte seine Aufmerksamkeit nun mir zu, schien aber
gleichsam durch mich durchzusehen, als er antwortete: »Ich
tue das, was jetzt nötig ist.« Dann klärte sich sein Blick
wieder und er sah mir fest in die Augen.
»Tust du mir einen Gefallen?«
Ich nickte beklommen.
»Überweist du mir alle Ersparnisse auf das Girokonto,
wenn ich gleich durch diese Tür gegangen bin?«

Mir stockte der Atem. Schlagwörter wie Altersarmut, Hartz IV und Bahnhofsmission schlaglichterten durch meinen Kopf. Aber wer war ich denn, dass ich die Entscheidungen eines Mannes in Frage stellte, dem der Arzt jegliches Fehlen von Alterssenilität bescheinigt hatte. Außerdem war ich insgeheim auch stolz, dass er die Sache sofort aus der Welt schaffen wollte.

Also versprach ich zu tun wie mir geheißen und sah ihm mit einem mulmigen Gefühl hinterher, bis sich die Wohnungstür hinter ihm geschlossen hatte.

Wie sich die Dinge ab da entwickelten, hatte ich so allerdings nicht vermutet.

Am nächsten Morgen fand ich eine Postkarte mit Motiv des Hamburger Hafens im Briefkasten. Auf dieser bat mich mein Vater, seine Wohnung aufzulösen sowie all seinen weltlichen Besitz zu veräußern und die Erlöse als Vorschuss aufs Erbe zu betrachten. Er schloss mit den Worten, dass er sich nun auf die Socken machen müsse, sein Schiff liefe gleich aus.

Ich rief meine Mutter an, von der er sich vor einigen Jahren hatte scheiden lassen. »Gerade noch rechtzeitig, bevor sie völlig anfing jeglichen Sinn für Realität zu verlieren«, wie er stets betonte. Den größten Teil der Zeit lebte sie mit ihren beiden Pudeln auf Mallorca und leitete eine Kunstgalerie, deren Ausstellungen auf der Insel inzwischen legendär waren. Sie klang beschwipst am Telefon, was darauf schließen ließ, dass sie von einer Vernissage mit Sektempfang kam. Folglich nahm sie die Sache mit meinem Vater wenig ernst.

»So, so, hat der alte Mann mal richtig die Sau raus gelassen«, lachte sie erheitert und rülpste einmal laut in den Hörer. Ich beschloss daraufhin, dass meine Sorgen hier nicht das nötige Gehör finden würden, und beendete das Gespräch umgehend.

Mir blieb also nichts weiter übrig, als zu tun, was mir aufgetragen war und machte mich an die Haushaltsauflösung. Trotzdem wurde mir das Herz mitunter recht schwer, wenn ich an ihn dachte.

Vier Wochen später kam die nächste Postkarte. Diesmal aus Rio de Janeiro.

»Die Überfahrt war gigantisch. Wie in alten Seefahrtszeiten. Die Jungs waren begeistert von meinen Spiegeleiern. Genieße gerade den Karneval. Mach Dir keine Sorgen. Papa«

Ich wusste nicht, ob ich lachen oder weinen sollte. Natürlich kannte ich die Geschichten meines Vaters über die Zeit, die er als junger Mann nach der Schule zur See gefahren war. Aber mit 72 Jahren noch einmal auf einem Dampfer anzuheuern und spiegeleierbratend über die Weltmeere zu schippern, erschien mir nun doch etwas abenteuerlich.

Das meinten die Anwälte des geschädigten Arztes auch, die mich eines Tages aufsuchten. Schlimmer fanden sie allerdings, dass die Klage auf Schadenersatz wohl so ziemlich im Sande verlaufen würde, wenn sich der Beklagte weiterhin in Südamerika herumtrieb. Worte wie »Auslieferungsabkommen« und »Verhältnismäßigkeit der Mittel« flogen über meinen Kopf hinweg, während ihre Gesichter immer mehr Farbe annahmen. Schließlich entschwanden sie mit knappem Gruß aus meiner Wohnung und aus meinem

Leben. Wie ich später durch Zufall erfuhr, hatte der Arzt aufgrund seiner gesundheitlichen Situation jegliches Interesse an einem aussichtslosen Prozess verloren und überdies auf Goldschmied umgesattelt. Er brachte es in diesem Bereich, wie es hieß zu beträchtlich mehr Erfolg als zuvor in der Heilkunst.

Von meinem Vater hörte ich lange Zeit nichts, bis mir eines Tages ein Brief mit einer exotischen Marke ins Haus flatterte. Er kam aus Cuba, genauer gesagt aus der zweitgrößten Stadt der Insel aus Santiago de Cuba. Im Umschlag steckte ein Foto. Darauf war ein älterer Mann mit wettergegerbtem Gesicht abgebildet, der eine blaue Latzhose und einen breitkrempigen Strohhut trug. Mit seinen bloßen Füßen und dem spitzbübischen Grinsen sah er ein bisschen aus wie der altgewordene Tom Sawyer.

Auf der Rückseite des Bildes waren in krakeliger Handschrift ein paar flüchtige Zeilen hingeworfen: »Hoffe Du hast bald Lust, mich zu besuchen. Habe mein Paradies gefunden. Viele Grüße, Papa«. Darunter war die Adresse angegeben.

Da ich für dieses Jahr noch keinen Urlaub geplant hatte, stand für mich schnell fest, dass es diesmal nach Cuba gehen würde, auch wenn ich nicht sonderlich gern flog. Doch eines schönen Tages landete ich dann erschöpft und mit etwas flauem Gefühl im Magen nach 14 Stunden Flug auf kubanischem Boden und wartete auf meinen Vater. Und da war er. Noch braungebrannter als auf dem Foto und schlanker, wie mir schien. Er hielt sich zudem aufrechter, als ich es in Erinnerung hatte.

Er fuhr jetzt einen uralten Geländewagen, der bereits anfing, altersschwach zu klappern, wenn der Motor startete. Während der Fahrt über Kubas marode Straßen war infolgedessen eine Unterhaltung schlichtweg unmöglich. Doch dem Bewegungsapparat meines Vaters machte das Geschaukel überhaupt nichts aus.

Als wir schließlich mit einer Bacardi Cola auf der Veranda des kleinen Häuschens saßen, dass er sich im Hinterland gemietet hatte, sprach ich ihn neugierig auf seine Gesundheit an.

»Beim Arzt war ich schon ewig nicht«, winkte er ab, »die Witterung wirkt sich sehr positiv auf meine alten Knochen aus. Außerdem findet man hier immer noch deutlich mehr Wunderheiler als renommierte Schulmediziner. Prost!«

»Und deine Blutwerte?«, wagte ich dennoch hinterherzuschieben.

Er sah mich an, als habe ich ihn etwas Unmoralisches gefragt. Doch schließlich grinste er. »Als ich mich das letzte Mal geschnitten habe, kam Blut. Folglich ist also welches da. Hast du Lust auf eine Führung über mein Anwesen?« Damit war das Thema für ihn erledigt.

Die folgenden zwei Wochen konnte ich mir ein eindrucksvolles Bild darüber machen, wie sehr mein Vater sich verändert hatte.

Er war mittlerweile in der Lage noch andere Gerichte außer Spiegeleiern zuzubereiten, hatte bereits passable Kenntnisse in der Landessprache, einer Abart des Spanischen erworben und rauchte neuerdings Zigarren. »Weißt du«, sagte er eines Abends zu mir, als wir auf der Veranda saßen und er dem Rauch seiner Partagas Mille Fleurs hinterherblickte, »wenn die Ärzte mich durch ihre Diagnosen schon schnellstmöglich unter die Erde bringen wollen, dann kann ich ihnen doch zumindest ein bisschen zuarbeiten, oder?« Die Aussage hatte eine unbestreitbare Logik.

Der nächste Tag war mein Abreisetag. Voller neuer Eindrücke und vor allen Dingen voller Gewissheit, dass ich meinen Vater beruhigt hier zurücklassen konnte, machten wir uns auf den Weg zum Flughafen. Vor der Eingangshalle traten wir ein wenig verlegen von einem Bein aufs Andere. Immerhin konnten wir nicht mit Sicherheit sagen, wann wir uns wiedersehen würden.

Mein Vater zog die Stirn kraus und meinte: »Weißt du, es gibt hier in der Gegend eine Redensart zum Abschied«, er zog zwei kleine Steine aus der Tasche und drückte sie mir in die Hand. »Zwei Steine treffen sich.«

»Eine schöne Sitte«, sagte ich und betrachtete sie gerührt, bevor ich sie einsteckte. Wir umarmten uns kurz, dann drehte ich mich um und betrat, ohne mich noch einmal umzusehen, das Flughafengebäude.

Die Steine liegen seit meiner Rückkehr in der Küche auf dem Fensterbrett. Und jedes Mal wenn ich sie ansehe, erinnern sie mich daran, dass es Verbundenheit gibt, die ein Menschenleben überdauert.

Ins Blaue

Geschrieben für die Jahresausstellung des Kunstnetzes Jesteburg. Gelesen am 30.04.2017 im Heimathaus Jesteburg. Vorlage für die Geschichte war das Bild »Erscheinung« von der Titelseite des Buches. Gemalt von Cornelia Carstens.

Ich sitze da und starre ins Blaue.

Als hätte ich nichts Besseres zu tun.

Als sei das ins Blaue starren nur für mich allein erfunden worden.

Diene nur dem Zweck, mich am Leben zu erhalten.

Einatmen, ausatmen, ins Blaue starren.

Vor meinen Augen flimmert es.

Kleine Partikel. Tausende, vielleicht auch Abermillionen haben sich dort oben versammelt und flimmern und wuseln.

Energiewürmchen. Das Gegenstück zu Glühwürmchen.

Könnte sein, muss aber nicht. Weiter denke ich nicht.

Denn denken ist anstrengend. Ins Blaue starren ist entlastend.

Macht den Geist elastisch.

Schleierwolken verschleiern meinen Blick. Haben sich heimlich ins Bild geschoben.

Ratlosigkeit macht sich in mir breit.

Wolken kann ich nicht anstarren.

Wolken muss ich betrachten.

Meinem Gehirn Gelegenheit zum Spielen geben. Damit es mich in Ruhe lässt.

Nicht anfängt, mit billigen Alltäglichkeiten zu nerven.

Den Gedanken an Kochrezepte und nie gelöste Streitigkeiten.

Und siehe da. Schon hat die Gehirnhälfte, die für Erfindungen aller Art zuständig ist, etwas gefunden.

Eine Fee steigt zu mir vom Himmel herab. Setzt sich in ihrem weißen Spitzenkleid neben mich auf die Bank.

»Habe ich jetzt drei Wünsche frei?«

Ich kann mir die Frage nicht verkneifen.

Sie schüttelt den Kopf und lächelt.

Vielleicht bilde ich mir das Lächeln auch nur ein.

Ihre Züge sind unscharf. Wattig weich wabern sie mir entgegen. Optisch nicht zu fassen. Zerfasern, ehe ich mir sicher bin.

Ihre Stimme ein samtig weiches Raunen.

»Ich kann dir keine Wünsche erfüllen. Ich passe auf dich auf. Ich bin dein Engel.«

Ich lache. Aus tiefstem Herzen lache ich und schlage mir mit der flachen Hand vor die Stirn.

Ein Pärchen geht vorüber. Mann und Frau. Eng umschlungen. Sie blicken mehr oder minder verstohlen zu mir herüber und gehen einen Schritt schneller. So scheint es mir zumindest.

Denn ich bin mit Luftholen beschäftigt. Versuche das Lachen niederzuringen.

Es gehört nicht hierher. Irgendwie. Und irgendwie doch.

Schließlich wird es still in mir. Das Glucksen und Brodeln in meiner Brust verschwindet genauso schnell, wie es gekommen ist.

Zurück bleiben Fragen. Viele Fragen. Je mehr hochkommen desto enger wird es in meiner Brust.

Sie wollen heraus und ich merke, dass sie schon seit langer Zeit da sind.

Immer schon gestellt werden wollten.

Ist heute die Gelegenheit dazu?

Diese Frage ist egal. Sie tritt beschämt beiseite und macht den anderen Platz.

Es bricht aus mir heraus.

Der nächste Passant, ein älterer Herr mit Krückstock, wendet sich erschrocken ab und verschwindet in die Richtung, aus der er gekommen ist.

Mit der Verrückten will er nichts zu tun haben.

Da auf ihrer Bank.

Ich schreie:

»Wo warst du, als ich mir den Arm gebrochen habe? Wo warst du, als man mich bei der Beförderung absichtlich übergangen hat? Wo warst du, als Tim mich absterviert hat? Wo warst du, als ich mein Kind verloren habe?«

Stille.

Tosende Stille. Das Blut rauscht in meinen Ohren und ich keuche. Ringe nach Luft.

Dabei weiß ich gar nicht, ob ich noch weiter atmen will.

Da ist so viel Schmerz. Unverständnis über mein Leben. So hatte ich mir das nicht vorgestellt. Nie. Es hätte alles ganz anders sein sollen.

Und doch bin ich hier.

Mit all meiner Vergangenheit in die Gegenwart gerutscht. Und einer Zukunft, die ich mir nicht ausmalen will. Alles nur das nicht.

Ich will das Blau zurück. Das jungfräuliche Blau. Bevor die Schleierwolken in mein Leben zogen und den unschuldigen Moment zu ihren Zwecken nutzten.

Wer braucht einen Engel, wenn er zu nichts nutze ist.

Ich riskiere einen Blick nach rechts. Und da sitzt er.

Immer noch. In sein unschuldiges Weiß gehüllt.

Ich vermag nicht zu sagen, ob mein Ausbruch ihm gleichgültig ist.

Ob er gerade nach Worten sucht oder ob ich nie eine Antwort bekommen werde.

Als sie schließlich kommt, rutscht sie mir fast durch die Wahrnehmung.

Wieder wabert mir diese körperlose Stimme entgegen:

»Ich habe aufgepasst, dass nichts Schlimmeres passiert.«

Ich bin sprachlos.

Wäre die Gestalt nicht so unfassbar in ihrer Körperlosigkeit, ich hätte sie angestarrt.

Doch das geht nur mit Blau.

Weiß ist nicht so unschuldig, wie alle meinen.

So fokussieren meine Augen durch sie hindurch auf einen von diesen Hunden undefinierbarer Rasse. Klein, plüschig, weiß. Wieder die Farbe Weiß.

Er setzt einige Meter entfernt einen Haufen gegen den Fuß einer Eiche. Der Haufen steht in keinem Verhältnis zu seiner Körpergröße.

Mein Blick veranlasst den Besitzer, hinzueilen und die organische Substanz aufzunehmen.

Das mit »Gassi-Beutel« viel zu niedlich titulierte Plastiksäckchen schwenkt er nach vollbrachter Aufgabe triumphierend durch die Luft.

Es widert mich an.

Die Gesellschaft. Mein Leben.

Alles ein riesiger Haufen Scheiße. In Plastik luftdicht verpackt. Nichts kann verrotten.

Die Gestalt neben mir ist inzwischen immer durchsichtiger geworden. Droht, sich aufzulösen.

Ich sage: »Hey, hiergeblieben. So einfach kommst du mir nicht davon. Was soll das denn heißen: Schlimmeres? Wo ziehst du denn die Grenze. Was bist denn du für ein Engel? Schutzengel ja wohl kaum.«

Der Hundebesitzer steht immer noch da. Eingefroren in der Bewegung. Mit erhobenem Scheiß-Tütchen sieht er mich ratlos an. Spiegelt meine eigene Ratlosigkeit, bevor er die Tüte sinken lässt und langsam mit hängenden Schultern davontrottet.

Die Antwort des Engels ist leise, aber eindringlich. Bohrt sich in meinen Kopf. Windet sich dort wie eine Schlange und rollt sich zu einem schmerzhaften Klumpen zusammen: »Du hast die Wahl. Immer. Und ich bin da und passe auf, dass du den Blick für das Wesentliche nicht verlierst.«

Wie soll das jetzt wieder gemeint sein? Bilder in meinem Kopf. Wie ich auf der Autobahnbrücke stehe und nicht springe. Weitergehe. Nach Hause. Mich ins Bett lege, heule und am nächsten Tag weitermache, als wäre nichts geschehen.

Dabei war so viel kaputt in mir. Und ist es auch heute noch.

»Wo bleibt denn da die Hoffnung?«, frage ich sie. Wenn jetzt Verbitterung mitschwingt, hat diese Witzfigur, die sich Engel nennt, es verdient. »Die Hoffnung auf bessere Zeiten.«

Meine Sicht trübt sich. Eine Nebelwand umschließt mich. Die Gestalt ist nicht mehr neben mir, sondern umhüllt mich wie ein kühlender Seidenschal an einem Sommertag.

Ich sinke immer tiefer in dieses Sommertagsgefühl. Schließe die Augen.

In meinem Bauch beginnt es, zu kribbeln. Ganz zart.

Eine Gewissheit beginnt, in mir zu keimen. Dass es gut ist. Trotz allem.

In meinen Ohren ein Wispern: »Du bist hier. Jetzt. Und jetzt ist alles möglich. Vergangenheit und Zukunft sind unfassbare Chimären. Geschichten in einem Buch mit unendlich vielen Seiten. Jedes Kapitel ein neues Leben. Baut auf den Vorigen auf und steht doch für sich. Kann ungeahnte Wendungen bringen für zukünftige Kapitel.

Gib dich ihm hin. Dem Hier und Jetzt.«

Ich schmelze. Werde ganz weich. Werde eins mit der Bank. Spüre den Kontakt mit ihren hölzernen Streben an meinem Po und in meinem Rücken. Sonnenstrahlen auf meiner Haut streicheln meine Wangen. Der Duft nach Gras und Frühlingsblühern liegt in der Luft. War das vorher auch schon da?

Ich öffne die Augen. Der Himmel ist wieder strahlend blau. Genau wie zuvor. Die Schleierwolken haben sich samt Engel verzogen. Mein Blick ist wieder klar. Und doch ist etwas anders.

Ich kann nicht mehr starren. Nur noch schauen. Wahrnehmen. Staunen, über alles, was ist.

Aus meiner Erstarrung gelöst, erhebe ich mich.

Und gehe, nein schwebe davon. Hinein ins Blaue, das jetzt viel bunter ist.

Ausschnittsweise

Die roten Ballerinas bestimmten über ihr Schicksal.

Doch wer vermag zu sagen, ob nicht ohnehin alles so gekommen wäre.

Maurice arbeitete in einer Schneiderei. Es war keine von diesen Änderungsschneidereien. Keine von denen, in die die arbeitende Frau von heute die Familienwäsche trug, wenn ein Saum ausgefranst oder ein Knopf ausgerissen war. Es war vielmehr eine von den altmodischen Läden, in denen noch per Hand Maß genommen wird. In denen der Schneider zu Füßen der Kundschaft herumkriecht. In denen die Unterhaltung einseitig verläuft, weil der Maßnehmende oftmals durch Nadeln im Mund am Antworten gehindert wird. In einem solchen Geschäft arbeitete Maurice.

Er war der einzige Angestellte. Die Perle. Kunstvolle Nähte, wie er sie zu setzen vermochte, das schaffte kaum einer seiner Zunft. Der Chef erst recht nicht. Doch war er nötig, um den Betrieb auf andere Weise zu sichern. Er hielt die Kunden durch charmante Plaudereien bei Laune, auf die Maurice sich weit weniger verstand, als auf die Arbeit mit Nadel und Faden. Er sprach nicht gern. Beschäftigte sich lieber still mit seinen Stoffen.

Die Schneiderei lag im Keller eines Mietshauses. Einzig ein Schild am Treppenabgang kündete davon, dass es die Stufen hinab nicht in einen Fahrradkeller ging. Es war der beharrlichen Mundpropaganda der zufriedenen Kundschaft zu verdanken, dass der Laden prosperierte.

»Pastorius Bekleidungsservice« hieß Maurice Wirkungsstätte. Der Chef residierte im Vorderzimmer des weiß gekalkten Kellers. Dort empfing er die Kunden. Maurice saß im Hinterraum. Die meiste Zeit von einem fadenscheinigen Vorhang von der Außenwelt getrennt.

Stand eine aufwändigere Anprobe bevor, wurde er zum Helfen nach vorne gerufen.

Das plötzliche Schweigen, wenn er den Raum betrat, die betretenen Blicke, die unsicher seine Gestalt streiften, waren ihm mittlerweile gleichgültig. Schätzen tat er sie nicht. Er arbeitete lieber im Verborgenen.

Wenn er seine Augen von der anstrengenden Arbeit erholen wollte, blickte er durch das Kellerfenster hinaus auf den Gehsteig. Die Straße war nicht sonderlich belebt, doch ab und zu huschten ein paar Füße durch sein Blickfeld. Manchmal blieben sie sogar kurz stehen. Vielleicht um eine Zigarette anzuzünden oder weil der Besitzer der Beine einen Bekannten auf der anderen Straßenseite erspäht hatte. So stellte es sich Marcel zumindest vor. Er war jedoch noch nie nach draußen gegangen, um seine Vermutungen zu überprüfen.

Zeitweilig geriet er in arge Versuchung. Ein gerüttelt Maß an menschlicher Wissbegier, manche Zeitgenossen mögen es Neugier nennen, wohnte auch Marcel inne.

Eines Tages traten Füße in sein Leben, die seine Rolle als Zuschauer ins Wanken brachten.

Er nähte an einem tormentillroten Sommerrock, dessen Farbe seine Augen enorm strapazierte. Als Ausgleich glitt sein Blick heute öfter als gewöhnlich zum Fenster hinauf. Bislang hatte er außer einigen verirrten Sonnenstrahlen nichts Nennenswertes gesehen. Dann blieben direkt vor seiner Aussicht ein paar Damenfüße in roten Ballerinas stehen. Er stutzte und blinzelte, unsicher, ob das Kleidungsstück, das er in Arbeit hatte, ihm den Farbsinn getrübt hatte. Doch nein, es waren wirklich rote Ballerinas, welche die Besitzerin an den bloßen Füßen trug. Bei näherer Betrachtung bemerkte er nun auch den Unterschied in der Rotnuance. Es war eher ein Tiefkarminrot, was da schräg über ihm auf den Ballen wippte. Ungeduldig, wie ihm schien. Die schlanken Fesseln verwirrten ihn, stürzten ihn in eine Art Erregung.

Vor allem drängte ihn unversehens die Frage, welche Farbe der Rock hatte, der unweigerlich am Ansatz der Beine beginnen musste. Halb hatte er sich bereits von seinem Stuhl erhoben, als er jählings zurücksank. Was, wenn er der Dame aus Versehen unter den Rock blickte? Oder noch schlimmer, wenn sie ihn bei diesem Tun auch noch bemerken würde?

Mit verbissener Miene beugte er sich wieder über den Rock, dem seine eigentliche Aufmerksamkeit zu gelten hatte. Entschlossen, die Füße dort oben zu ignorieren.

Eine Bewegung aus dem Augenwinkel ließ ihn alle Vorsätze vergessen und doch einen raschen Blick riskieren. Zu den roten Ballerinas hatten sich nun ein paar schwarze Budapester gesellt. Die Hose aus feinem hellgrauen Zwirn schmiegte sich in perfektem Faltenwurf an das Leder der Schuhe.

Jetzt stellte sich die Ballerina Trägerin auf die Zehenspitzen und verharrte geraume Weile wie eine Balletttänzerin in dieser Position. Maurice wandte beschämt den Blick ab. Er fühlte sich wie ein Voyeur, obgleich er nur erahnen konnte, was dort draußen vor sich ging.

Verbissen machte er sich am Rock zu schaffen. Der rote Stoff brannte sich förmlich in seine Netzhaut. So sehr war er darauf bedacht, nicht unversehens den Kopf zur Seite zu drehen und Vorgänge zu betrachten, die nicht für seine Augen bestimmt waren.

Den Rest des Tages mied er das Fenster.

Am nächsten Vormittag rief der Chef Maurice nach vorne. Er sollte die letzten Handgriffe an einem Hochzeitskleid vornehmen. Herr Pastorius war in die Unterhaltung mit einem älteren Paar vertieft, den Brauteltern. Sie warfen ihm die üblichen schlecht verhohlenen Blicke zu, als Maurice den Raum betrat. Ein Gemisch aus Mitleid und Ekel.

Die junge Frau, die bereits das Kleid trug, betrachtete ihn freundlich.

Befangen stand er mit dem Nadelkissen am Arm vor ihr.

»Ich bin Helene«, sagte sie und streckte ihm eine schmalgliedrige Hand entgegen. Er ergriff sie wie einen zerbrechlichen Gegenstand, wagte kaum, sie zu schütteln.

Ihrem Blick ausweichend, raunte er seinen Namen. Gerade wollte er ihre Hand loslassen, um sich zum Saum abstecken auf die Knie zu begeben, als sie fortfuhr: »Sie haben nur einen Arm.«

Die Unterhaltung im Raum erstarb. Alle Augen waren auf Maurice gerichtet, der genauso tormentillrot anlief wie der Rockstoff, den er gestern bearbeitet hatte.

»Ja«, wisperte er und überlegte verzweifelt, wie er die Flucht antreten könnte.

»Sie müssen sehr geschickt sein, um damit schneidern zu können«, fuhr die junge Frau ungerührt fort.

»Helene«, mischte ihre Mutter sich mit schneidender Stimme ein.

Die Ablenkung nutzte Maurice, um seine Hand endlich zurückzuziehen. Er kauerte sich vor die Füße der jungen Frau. Nachdem er sich das Nadelkissen zurechtgelegt hatte, bat er sie mit einer Stimme, die fester klang, als er sich momentan fühlte: »Können sie das Kleid bitte etwas anheben?«

Helene hob den Rock fast bis auf Kniehöhe. Bevor er ihr verständlich machen konnte, dass dies übertrieben sei, erstarrte er in der Bewegung. Vor seiner Nase standen die Füße mit den roten Ballerinas. Er war sich augenblicklich sicher, dass er der Besitzerin eben jener Schuhe gegenüber hockte, die gestern vor dem Fenster gestanden hatte.

»Kind, was hast du denn da an?«, fuhr die Mutter wieder dazwischen, »du solltest zur Anprobe die weißen Pumps anziehen. So kann der Mann den Saum nicht abstecken.«

»Ich werde in diesen Schuhen heiraten, Mutter«. Das letzte Wort spuckte Helene der Frau förmlich entgegen. Als Maurice aufschaute, sah er, wie die junge Frau das Kinn kampfeslustig vorschob.

»Du bist unmöglich. Ernst, sag doch auch mal was.« Die Stimmung drohte ernsthaft zu kippen. Der Angesprochene zupfte verlegen an seinem Ohrläppchen, um dann ein halbherziges: »Hör auf deine Mutter, Lenchen«, hervorzubringen.

Herr Pastorius stand daneben und rang die Hände. Schließlich zog er eine Flasche Jahrgangssekt hinterm Kassentresen hervor, um die Laune der Anwesenden auf ein angenehmeres Niveau zu heben.

Maurice wünschte sich derweil weit weg, während er um die Braut herumkroch und den Saum absteckte.

Obwohl der Sekt hohen Zuspruch fand, wollte eine Unterhaltung nicht mehr so recht in Gang kommen.

Herr Pastorius atmete hörbar aus, als das Trio die Schneiderei verließ. In drei Tagen sollte die abschließende Anprobe stattfinden.

Maurice machte sich an die Arbeit. Seine Gedanken glitten, während er das Kleid umnähte immer wieder zu deren Trägerin. Die aufrichtige Sympathie und Neugier in ihrem Blick. Der feste Händedruck. Mehrfach musste er sich die Hände an der Hose abwischen, weil sie ihm vor Aufregung feucht wurden.

Gleichzeitig war er erleichtert, dass er sie nicht mehr wiedersehen würde. Zur Abholung würde seine Anwesenheit nicht vonnöten sein.

Umso überraschter war er, als Herr Pastorius ihn einige Tage später mit dem Kleid nach vorne rief. Als er den Raum betrat, sah er warum. Diesmal war neben Helene und ihren Eltern auch ein anderes älteres Paar zugegen. Vermutlich die Eltern des Bräutigams. Da das Temperament der Braut bereits das letzte Beisammensein zu einem Pulverfass gemacht hatte, war Maurice anscheinend als moralische Verstärkung erforderlich.

Helene schlüpfte in der Umkleidekabine noch einmal in das Kleid. Es saß perfekt. Als sie den Rock anhob und einen Knicks machte, atmete Herr Pastorius hörbar ein.

»Diese Schuhe zerstören alles«, nörgelte die Mutter.

»Ich finde sie ganz apart«, ließ sich die sonore Stimme des Mannes vernehmen, den Maurice als Vater des Bräutigams identifiziert hatte.

Maurice sah das kokette Lächeln, das Helene ihrem Fürsprecher zuwarf. Dann fiel sein Blick auf die Schuhe des Mannes. Budapester. Flankiert von hellgrauem Anzugstoff.

Rasch wandte er sich ab. Hoffte, dass keine verräterische Röte seine Wangen zierte. Er sah zur Braut. Diese betrachtete ihn nachdenklich.

Er wich ihrem Blick aus, sah in sein Nähzimmer hinüber. Er hatte vergessen, den Vorhang zu schließen. Das Fenster präsentierte sich schutzlos.

Als er es schließlich wagte, Helene wieder anzusehen, hatte sich der Ausdruck in ihrem Gesicht gewandelt.

Die Nachdenklichkeit war Erschrecken, beinahe Entsetzen gewichen.

Je länger sie sich in die Augen sahen, desto mehr las er in ihnen eine stumme Bitte. Aus seinen wuchs indessen eine Forderung empor.

Als die Familie die Schneiderei verließ, war alles geregelt. Herr Pastorius rieb sich zufrieden die Hände, wie er es immer tat, wenn er ein Geschäft erfolgreich abgeschlossen hatte.

Maurice nutzte die Gunst der Stunde und bat: »Darf ich heute früher Feierabend machen? Ich habe noch etwas vor.« Sein Chef stutzte, da sein Angestellter nie eine Bitte dieser Art äußerte, gewährte ihm dann aber das Verlangte.

Sie wartete auf dem Gehsteig vor dem Fenster. Es wehte ein kalter Wind. Sie trug einen wollenen Mantel und eine Fellmütze. Die roten Ballerinas hatte sie gegen ein paar unauffällige schwarze Slipper getauscht. Im Zwielicht konnte er den Ausdruck ihrer Augen nicht erkennen. Aber er stellte fest, dass es ihm egal war. Er streckte seine Hand nach der ihren aus, die sie ihm bereitwillig überließ.

Gemeinsam verschwanden sie in der Abenddämmerung.

Die Friedhofsbekanntschaft

Mit freundlicher Genehmigung des Verlags Smartstorys.at

Die Luft war zum Schneiden. Kein Lüftchen regte sich.
War es in der Kapelle schon stickig gewesen, war es hier
draußen zu Karstens Leidwesen schier unerträglich.
Zum Glück hatte er wenigstens einen hellen Anzug gewählt
und stellte die pflichtgemäße Trauer über den Tod seines
Kollegen lediglich durch eine schwarze Armbinde zur
Schau.
Selbstmord. Wieder einmal. Der vierte Polizeibeamte inner-
halb der letzten zwölf Monate.
Zwei, die er von anderen Wachen kannte, die anderen
beiden von seinem Revier. Alle hatten von ihrer Dienst-
waffe Gebrauch gemacht. Derjenige, dessen sterbliche
Überreste gerade in die Erde gesenkt wurde sogar direkt im
Dienst. Ihn schauderte, wenn er an den Beamten dachte, der
ihn gefunden hatte. Er war seitdem in psychologischer
Betreuung.
Die Stimmung unter den Kollegen war gedämpft. Selbst der
Abgebrühteste unter ihnen brachte heute keinen seiner
üblichen Kalauer über die Lippen. Karstens Blick wanderte
zu der Familie des Toten hinüber. Eine Frau und zwei
kleine Jungs, von denen der Ältere bereits zur Schule gehen
mochte.
Zum wiederholten Male fragte er sich warum. Sollte er sich
eine Kugel durch den Kopf jagen, wäre das nicht ver-
wunderlich. Auf ihn wartete niemand, wenn er nach einer
langen Schicht nach Hause in seine karge Wohnung kam.

Kein Mensch fragte, wie sein Tag war, geschweige denn, dass ihn eine liebevoll zubereitete Mahlzeit erwartete. Andererseits hatte er bereits festgestellt, dass er sich das Familienleben manchmal gar zu romantisch ausmalte. Nicht umsonst durfte er des Öfteren als Alibi für seine Kollegen herhalten, wenn die sich mal wieder außerhäusig amüsieren gingen. »Muss dem Karsten beim Tapezieren helfen«, war inzwischen eine feste Redewendung auf der Wache.

Hätten die wirklich alle bei ihm tapeziert, hätten seine Wände bereits Papierschichten in den Ausmaßen einer gut gefüllten Litfaßsäule auf sich vereinigt.

Und obwohl er wusste, dass es nichts half, lag er manchmal nachts wach und dachte über das Warum nach. Besonders beängstigend fand er die Berichte, dass einer der Kollegen bereits Monate vor seinem Tod lange Spaziergänge über Friedhöfe unternommen hatte und sich jeder Trauerfeier angeschlossen haben sollte, auf der er nicht auffiel. War das noch normal?

Er wurde jäh aus den Gedanken gerissen, als Bewegung in die Menschenansammlung kam. Es galt, die obligatorische Schippe Erde auf den Sarg zu werfen. Karsten wurde schwindlig, als er dabei zusah. So unauffällig wie möglich zog er sich in den Schatten einer Eiche zurück. Dort drehte er sich um und ging davon. Er lenkte die Schritte zu einer Bank, die zwischen den Grabreihen stand. Er setzte sich und schloss die Augen, um abzuwarten, bis die Schwäche nachließ.

Als er eine Stimme vernahm, blickte er auf und sah weiter rechts von sich eine alte Frau, die mit einer Rosenschere einer kleinen Buchsbaumhecke zu Leibe rückte, die eine Grabstätte einfasste.

»So mein Lieber. Jetzt wollen wir das mal wieder ein bisschen nett hier machen. Die Friedhofsgärtner schaffen ja nichts mehr heutzutage.«

Und leise summend machte sie sich ans Werk. Karsten konnte an der Hecke zwar keinerlei Zeichen von Verwahrlosung feststellen, doch die Alte schnitt mit Kennermiene hier ein Zweiglein und dort ein Blatt ab, als kämen gleich die Wertungsrichter des bundesdeutschen Friedhofsgärtnerwettbewerbs vorbei. Ab und zu trat sie ein paar Schritte zurück und betrachtete mit zufriedener Miene ihre Arbeit, um dann an anderer Stelle erneut die Schere anzusetzen.

Das Summen unterbrach sie nur, um dem Verstorbenen interessante Neuigkeiten zu berichten.

»Die Bärbel ist mittlerweile so dement, dass ihre Tochter sie in ein Heim geben musste. Und weißt du, was sie dort als Erstes gemacht hat? Die Hose runtergelassen und mitten in ihr Zimmer geschissen hat sie.« Erschrocken hielt sie sich die Hand vor den Mund, als ihr auffiel, dass sie etwas Unanständiges gesagt hatte. Dann perlte ein silbrig helles Lachen von ihren Lippen und sie schüttelte den Kopf über sich selbst.

»Und dem Menschen von der GEZ, der neulich da war, dem habe ich Bescheid gegeben. Stell dir vor, der hat die Frechheit besessen, seinen Fuß in die Tür zu stellen. Na, der hat aber geschrien, sag ich dir.«

Urplötzlich richtete sie sich kerzengerade auf und drehte sich mit angewinkelten Armen einmal um sich selbst, was ein wenig von einem Erdmännchen an sich hatte, das Witterung aufnahm. Als sie Karsten erblickte, lächelte sie liebenswürdig und nickte ihm huldvoll zu.

Dann setzte sie ihre gärtnerische Tätigkeit fort, ohne ihm weiter Beachtung zu schenken. Als sie mit dem Werk zufrieden war, nahm sie einen Lappen aus der Handtasche, putzte die Schere sorgfältig ab und steckte beides wieder ein. Den Heckenschnitt verstaute sie ordentlich erst in einer mitgebrachten Papiertüte und anschließend in einem der bereitgestellten Müllbehälter. Sie wandte sich um und schritt direkt auf Karsten zu. Er rückte ein Stück beiseite, um ihr Platz zu machen. Sie nickte dankend und ließ sich grazil neben ihn gleiten.

»Besuchen sie auch jemanden?«, fragte sie nach einigen Sekunden des Schweigens.

»Ich habe mich von einer Trauerfeier davon gemacht«, bekannte er leicht unbehaglich.

Sie lächelte. »Anfangs ist es nicht so einfach, aber man lernt, damit umzugehen«.

»Ist nur ein Kollege«, wiegelte er schnell ab.

»Und weil es nur ein Kollege ist, sitzen sie jetzt hier?«, fragte sie.

Er wand sich neben ihr wie ein Pennäler, der soeben beim Schule schwänzen erwischt worden war.

»Das ist schon der Vierte dieses Jahr«, sagte er entschuldigend.

»Na und? Ich war auf sechs Beerdigungen. Ich habe einen großen Bekanntenkreis oder vielleicht sollte ich langsam sagen, dass er einmal groß war. Außerdem bin ich jede

Woche hier bei meinem Mann«. Sie lachte über das Entsetzen in seinem Gesicht.

»Sie sind noch jung. Aber eines Tages werden sie feststellen, dass der Tod zum Leben gehört. Und dann hören auch diese vermaledeiten Fragen im Kopf auf, die einem das Leben zur Hölle machen können. Zu viel Grübeln schadet dem Verstand.« Sie tätschelte ihm mütterlich den Arm, was er in dem Moment sogar als tröstlich empfand. Normalerweise mochte er keinen Körperkontakt mit Fremden.

»Aber er hatte Familie«, brachte er schließlich heraus und wunderte sich selbst, warum er sich dieser Person anvertraute.

Sie winkte ab. »Das spielt keine Rolle. Mein Mann ist während seiner Midlife-Crisis aus dem Fenster gesprungen, als unsere Mädchen noch zur Schule gingen.« Als sie weitersprach, hatte ihre Stimme etwas Verträumtes. »Dem Menschen wird nachgesagt, dass er ein Rudeltier ist. Allein nicht überleben kann. Aber manch einer ist nun mal am einsamsten, wenn er mit anderen zusammen ist. Doch genug der Lebensweisheiten. Ich muss meinen Bus kriegen. Die Toten sind tot. Wichtiger ist, wie die Lebenden sich schlagen. «Mit diesen Worten tätschelte sie abschließend seinen Arm und erhob sich.

»Grüßen sie alle, die ich nicht kenne. Das sind mir die Liebsten.« Sie lachte noch einmal silbrig hell auf, dann verschwand sie um eine Heckenecke.

Er blieb einen Augenblick verwirrt sitzen. Ihre Lebensfreude inmitten all der toten Menschen, die sie umgaben, hatte in ihm etwas angestoßen, was er nicht einzuordnen vermochte. Als er auf seine Armbanduhr schaute, stellte er erschrocken fest, dass die Beerdigung bereits vorbei war und er sich sputen musste, um den Mannschaftswagen zu bekommen, der sie zurück zur Wache bringen sollte.

Beim Abfahrtspunkt angekommen, traf er zu seiner Erleichterung auf die Kollegen. »Na Karsten. Hast du noch einen schönen Spaziergang gemacht?« Offensichtlich war die Stimmung jetzt, nachdem alles überstanden war, wieder gelöster.

Bei einem Seitenblick sah er auf der Bank, die zur Bushaltestelle gehörte, seine Friedhofsbekanntschaft sitzen. Doch irgendetwas stimmte nicht. Nichts erinnerte mehr an die grazile alte Dame, die sich so tadellos gerade gehalten hatte und der die Lebenslust aus den Augen sprühte. Sie hatte sich schlagartig in eine zusammengesunkene Gestalt verwandelt, die mit leerem Blick vor sich hinstarrte. Ein Kollege stieß Karsten an: »Na, die wird sich gleich wundern. Der nächste Bus kommt erst in ein paar Stunden.« Ihm blieb keine Zeit mehr, darauf zu antworten, da ihr Transportbus kam. Ein umgebauter Bus des öffentlichen Nahverkehrs, der extra für Polizeitruppenransporte vorgesehen war. Die Türen öffneten sich und die Männer strömten herein. Und mit ihnen die alte Dame, die auf einmal einen ausklappbaren Gehstock in der Hand hielt. »Na wird ja auch Zeit«, schimpfte sie krächzend, »ich warte hier schon eine halbe Ewigkeit.« Mit diesen Worten ließ sie sich auf einen Sitz sinken.

Die Kollegen feixten. »Entschuldigen sie«, sagte Karsten, »das ist hier kein öffentlicher Bus.«

»Was«, krähte sie und schaute ihn aus zusammengepressten Augen mühsam an, »der Bus hat Verspätung? Das weiß ich ja selbst.«

Verwirrt sah er sie an. »Wo wollen sie denn hin?«, mischte sich schließlich ein anderer Kollege mit erhobener Stimme ein, damit sie ihn auch verstand.

»Schlüterstraße«, krächzte sie.

Der Beamte schob sich nach vorne durch zum Fahrer. Als er zurückkam, winkte er ab und raunte Karsten zu: »Das geht in Ordnung. Wir halten dort kurz an.«

Der Bus schaukelte los und hielt tatsächlich an der von der alten Frau genannten Haltestelle an. Karsten reichte ihr beim Aussteigen galant den Arm.

»Danke junger Mann«, krächzte sie, während sie sich auf ihn stützte, »und Gott segne sie.«

Als er ihren Arm losließ, schaute sie ihn noch einmal an und zwinkerte ihm verstohlen zu. Dann wandte sie sich ab und humpelte davon.

Karsten sah ihr nach, als der Bus wieder anfuhr, doch die kleine zusammengesunkene Gestalt entschwand rasch seinem Blickfeld.

Ihre Präsenz hingegen sollte das Eindrücklichste sein, was jener Tag in ihm hinterließ.

Auf der Suche

Geschrieben für die Jubiläumslesung zum 10jährigen Bestehen der Malschule »mopsblau« in der Stadtbücherei Buchholz am 19.05.2017.

Ich war den Tag durch Nieselregen gewandert und fühlte mich wie ein vollgesogener Schwamm. Triefend von Nässe und Einsamkeit. Bis auf die Bauersfrau, die mir mit mürrischer Miene ein Brot und Obst verkauft hatte, war ich keiner Menschenseele begegnet. Normalerweise hätte mir dies nicht viel ausgemacht. Ich war gern allein. Zog die Gesellschaft der Natur oftmals der meiner Mitmenschen vor. Heute hatte ich es kaum mit mir ausgehalten.

Hinzu kam die Ungewissheit, wo ich die Nacht verbringen könnte. Die Dämmerung setzte bald ein und ich wusste nicht, wann ich die nächste Ortschaft erreichen würde. Eine Vertrauensübung hatte diese Reise werden sollen. Vertrauen darauf, dass das Leben mich trug, egal wo ich mich befand. Das hatte bislang funktioniert. Ich hatte immer genug zu essen und für die Nacht ein Dach über dem Kopf gehabt, aber der Regentag hatte mich demoralisiert. Ich sah mich in undurchdringlicher Finsternis durch die Natur tappen. Vermutlich würde ich unglücklich stürzen, mich dabei gewaltig verletzen, so dass ich nicht weitergehen konnte, und von wilden Tieren zerfleischt werden. Mein Selbstmitleid troff mittlerweile stärker als mein Regenponcho.

Ich war dermaßen mit meinen Horrorszenarien beschäftigt, dass ich nicht mehr auf die Umgebung geachtet hatte. Und so tauchte das Tier völlig unvermittelt vor mir auf.

Ein riesiger Schäferhund saß mit dem Rücken zu mir am Waldrand und schaute in die Ferne. Sein Fell war struppig und zerzaust, an einigen Stellen hatten sich Kletten verfangen. Dennoch machte er auf mich einen würdevollen Eindruck. Wie ein Meilenstein verlieh er diesem Fleck eine Gewichtigkeit, die ihm sonst versagt geblieben wäre.

Nun habe ich zwar keine Angst vor Hunden, aber die Erfahrung hatte mich gelehrt, dass man jeder Kreatur auf dieser Erde zumindest mit einem gewissen Respekt begegnen sollte, wollte man sich nicht unnötigen Ärger einhandeln.

Ich räusperte mich und trat geräuschvoll auf, um das Tier auf meine Anwesenheit aufmerksam zu machen, erntete jedoch keinerlei Reaktion.

Erst als ich an ihm vorbeiging, streifte er mich mit einem flüchtigen, fast schon desinteressierten Blick, was mich ein Stück weit kränkte.

Ich war zwar froh, nicht als Feind klassifiziert worden zu sein. Aber gänzlich links liegen gelassen zu werden, nachdem ich mich den ganzen Tag bereits nichtexistent gefühlt hatte, war mir auch nicht recht.

Hocherhobenen Hauptes ging ich weiter und versuchte den Hund genauso schnell zu vergessen, wie er zuvor vor mir aufgetaucht war. Doch es mochte mir nicht gelingen. Ich fühlte seinen Blick als zwei glühende Punkte zwischen meinen Schulterblättern, was ich als pure Einbildung abtat. Vermutlich hatte mir das Alleinsein so zugesetzt, dass ich mir nun wünschte, jedes Lebewesen möge ein brennendes Interesse an mir hegen.

Ich widerstand dem Drang, mich umzuschauen. Konzentrierte mich darauf, gleichmäßig auszuschreiten, um möglichst schnell die nächste menschliche Ansiedlung zu erreichen und damit auch einem Nachtlager näher zu kommen.

Es dauerte nicht lange, da sah ich Häuser in der Ferne. Ich atmete erleichtert auf. Die Dunkelheit fiel jetzt rasch und ich hatte endlich ein Ziel. Die Gewissheit kehrte zurück, dass sich alles fügen würde.

Aber da blieb der Gedanke an den Hund. Vor meinem inneren Auge saß er immer noch dort am Waldrand und wartete auf etwas oder jemanden. Im Nachhinein erschien mir sein Desinteresse eher als das Verheimlichen einer Einsamkeit, die meiner ähnlich war.

Ich schalt mich innerlich für meine Sentimentalität. Wahrscheinlich war er schon lange nach Haus gelaufen. Wartete ein frischgefüllter Futternapf auf ihn. In einer Ansiedlung im Wald, die ich nicht gesehen hatte. Ich sollte aufhören, mir unnötige Gedanken zu machen.

Ich blieb stehen. Meine Kehle war wie zugeschnürt. Gott, was war mit mir los? Unschlüssig drehte ich mich in die Richtung, aus der ich gekommen war. Der Weg hatte zwischenzeitlich mehrere Biegungen gemacht und ich konnte den Waldrand nicht mehr sehen. Ich setzte mich in Bewegung. Sämtliche Körperteile schrien: Nein, lass das, wir sind müde. Wir wollen was zu essen und dann ins Bett. Hör auf zurückzurennen. Was soll das?

»Nur bis zur nächsten Biegung« erwiderte der Teil in mir, der zurückhastete, immer schneller wurde, obwohl die Beine entsetzlich schmerzten von den tagelangen Märschen, die ich hinter mich gebracht hatte.

Von der einen Kurve trabte ich zur nächsten und von dort zur übernächsten. Ich kam langsam aus der Puste, war mir nicht sicher, ob ich den Rückweg schaffen könnte. Die blanke Unvernunft sprach aus meinem Tun.

Aber irgendetwas trieb mich an.

Ich hörte ein Geräusch und blieb stehen. Es war inzwischen so dämmrig, dass ich mich anstrengen musste, meine Umgebung zu erkennen.

Ich lauschte. Und tatsächlich. Da kam etwas auf mich zu. Jetzt sah ich es den Weg herunterrasen, der nun schnurgerade vor mir lag. Ein pelziger Schatten kam auf mich zugerannt.

Mit klopfendem Herzen erwartete ich seine Ankunft. Fühlte mich, obgleich ich meinem Ziel doch den Rücken gekehrt hatte, als sei ich kurz davor anzukommen.

Der Hund hatte so viel Schwung, dass er mich beinahe umwarf. Seine Vorderpfoten auf meinen Schultern begrüßte er mich mit einem feuchten Kuss wie einen lange vermissten Gefährten.

Ich war mir nicht sicher, ob die Feuchtigkeit auf meinen Wangen allein vom Regen herrührte. Streichelte sein feuchtes Fell und murmelte:

»Ist ja schon gut. Ich bin ja da.«

Gleichzeitig fiel von mir eine Last ab. Das Alleinsein stahl sich hastig davon und verschwand in der Dunkelheit. Ließ uns beide diskret allein.

Ich rappelte mich auf und nahm meine Wanderung in Richtung des Dorfes wieder auf. Neben mir der Hund, der mir nicht von der Seite wich. Seine Präsenz gab mir Sicherheit und nicht ein einziges Mal geriet ich vom Weg ab.

Bald sah ich die Lichter der Häuser und schritt schneller aus. Das Tier passte sich meinem Tempo an, wirkte leichtfüßig, als wisse es insgeheim, dass das Ziel nahe sei.

Schon beim ersten Versuch, öffnete auf mein Klopfen ein alter Mann mit wettergegerbtem Gesicht.

»Hätten sie vielleicht eine Schlafstatt für mich für diese Nacht?«

Er winkte mich wortlos herein. Erstarrte in der Bewegung, als er den Hund erblickte.

Ich machte mich auf eine Diskussion gefasst und sagte:

»Er braucht auch ein Dach über dem Kopf. Niemand sollte bei dem Wetter draußen sein müssen.«

Der Alte blickte mich verwirrt an.

»Das ist doch der Hund vom alten Beppo, der vor ein paar Monaten gestorben ist. Am Tag seiner Beerdigung ist der damals verschwunden. Ich dachte, er sei in den Wäldern umgekommen. Aber wie es scheint, hast du ihn gefunden.«

Ich schaute den Hund an, der meinen Blick fest erwiderte.

»Ja«, sagte ich, »ja, wir haben uns gefunden.«

Wie das Leben so spielt

Für Felix.
Frei erzählt nach einer wahren Begebenheit.

Liebes Tagebuch,
hätte ich nicht die Möglichkeit, mich dir anzuvertrauen, wäre ich bereits vor Gram gestorben. Gibt es das? Dass das Herz vor Kummer und unerfüllter Sehnsucht so schwer wird, dass es aufhört zu schlagen? Ich werde jetzt etwas pathetisch, aber das liegt bei mir in der Familie. Mütterlicherseits. Meinen Vater habe ich nie kennengelernt. »Er war immer auf der Walz, ein unsteter Geist«, pflegte Mutter mit leicht verschleiertem Blick zu sagen. Ich finde, man merkt an ihrer Wortwahl die frappierende Ähnlichkeit zwischen uns beiden. Melancholie und Poesie liegen mir in den Genen.

Einer meiner Brüder nannte mich zudem »Theodorius der Verschwörungstheoretiker«. Eine Bezeichnung, die eine recht einseitige Sichtweise zum Ausdruck bringt. Ich empfinde die Synchronizitäten im Leben eindringlicher als Andere dies tun. Ich habe beispielsweise herausgefunden, dass die Zahl 15 eine bedeutsame Rolle in meinem Leben spielt. Ich wurde am 15. Juni geboren. Eine Tatsache, der noch keine sonderliche Bedeutung zukommt, ich weiß. Man könnte hier von Zufall sprechen, wobei ich daran nicht glaube. Aber es gibt noch weitere Begebenheiten, die, so meine ich, nicht von der Hand zu weisen sind.

Mutter war kein passionierter Familienmensch. Trotzdem setzte sie eine ansehnliche Anzahl von Nachkommen in die

Welt. Und zwar genau 15. So sehr sie sich freute, wenn wir Kinder in ihr Leben traten, so eifrig bemühte sie sich, uns mit allen nur erdenklichen Mitteln wieder loszuwerden. Da kleine Wesen von Natur aus niedlich sind, hatte sie diesbezüglich beachtliche Erfolge zu verzeichnen. Nur bei mir hatte sie Schwierigkeiten. Ich habe von Geburt an einen dezenten Silberblick. Böse Zungen behaupten, dass ich schiele.

Die Leute sind irritiert, wenn sie mir ins Gesicht sehen, weil sie meinen Blick nicht fixieren können. Außerdem habe ich eine leichte Zahnfehlstellung. Wenn ich entspannt bin, kurz vorm einschlafen beispielsweise, rutscht mir die Zunge ein Stück aus dem Mund. Sobald ich dies bemerke, ziehe ich sie augenblicklich ein. Ich betrachte es als liebenswerte Eigenart. Es gibt allerdings Menschen, die darin eine Frühform von Schwachsinn zu erkennen meinen und vor mir zurückschrecken. Bemerkenswert ist an dieser Stelle mein Alter, als Mutter es schaffte, mich loszuwerden. Ich war genau 15 Monate alt.

Um die Theorie zu stützen, führte ich weiterführende Experimente durch. Ich aß 15 Knusperecken in 15 Sekunden, behielt einen Schluck Wasser 15 Minuten im Mund und zählte im Garten 15 Nacktschnecken in 15 Salatköpfen. Dass mir alles mühelos gelang, muss seine Bewandtnis habe. Davon bin ich überzeugt. Ich verschrieb mein Leben der Zahl 15. Feierte jeden 15. des Monats und zählte nie weiter als bis 15. Wozu auch. Bis der Tag kam, der meinen Glauben ins Wanken brachte. Und der für diese unstillbare Sehnsucht verantwortlich ist, die mich seitdem quält.

Es war ein milder Spätfrühlingstag. Ich beschloss, einen ausgedehnten Spaziergang zu unternehmen. Ich fühlte mich stark und unbesiegbar, wie ich über die Felder spazierte und mir den Wind um die Nase wehen ließ. Ich kam an die Bahnschienen, die normalerweise die Begrenzung meiner Welt darstellten. Ich wusste, dass es gefährlich war, sie zu überqueren, da Züge mitunter wie aus dem Nichts auftauchten. Was mich an dem Tag zu jener Kühnheit bewog, vermag ich nicht zu sagen. Ich weiß noch, wie ich im Gleisbett stand, hochaufgerichtet und furchtlos. Man mag es als Instinkt, Vorsehung oder Zufall bezeichnen, dass der Moment des puren Größenwahns so rasch verging, wie er gekommen war und ich die Gleise zügig überquerte.

Keinen Augenblick zu früh, denn urplötzlich ratterte ein Zug an mir vorbei. Es war nicht nur die Windschleppe, durch die sich meine Nackenhaare aufrichteten. Nein, auch die Erkenntnis, dass ich dem Tod um Haaresbreite entronnen war. Adrenalin schoss als heiße Woge durch meinen Körper und zwang meine Beine zur Bewegung. Ich raste los. Musste dieser Rastlosigkeit davonlaufen. Sie bezwingen.

Früher als mir lieb war, kam ich an eine Straße, auf der die Autos fast ebenso schnell vorbeirasten wie der Zug. Der Schock vom soeben erlebten, war zu frisch. Ich konnte mir keinen Einhalt gebieten und sauste über die Fahrbahn, ohne nach links und rechts zu blicken. Fahrzeuge hupten, Bremsen quietschten. Ich sprang in den Graben neben der Straße. Wartete auf den peinigenden Schmerz, der unweigerlich auf die Geräusche folgen musste. Nichts geschah. Ich hatte es geschafft, unversehrt zu bleiben. Doch meine Seele war erschöpft. Ich war zu keiner Regung mehr fähig und verharrte zusammengekauert im Straßengraben, bis die Dunkelheit einsetzte.

Dann endlich, als der Verkehr nachgelassen hatte, kroch ich hervor und wollte mich auf den Nachhauseweg machen. Aber meine Beine gehorchten meiner Absicht nicht. Ich stand dort am Straßenrand und starrte in die undurchdringliche Finsternis auf der anderen Seite. Jedes Mal wenn ein Fahrzeug vorüberfuhr, zuckte ich zusammen. Ich beschloss, am Fahrbahnrand entlang zu laufen. Vielleicht fand ich eine andere Möglichkeit, den Heimweg anzutreten. Doch das Asphaltband zog sich schier endlos durch die Nacht. Erschöpfung und Mutlosigkeit steigerten sich ins Unermessliche, bis ich unter einer Straßenlaterne zusammenbrach.

Als ich zu mir kam, lag ich auf einer muffigen Matratze in einem feuchten Keller. Im Haus über mir lebt ein älteres Ehepaar. Sie geben mir Nahrung und ich darf mich tagsüber im Haus frei bewegen. Es verlassen darf ich indes nicht. Sämtliche Bemühungen mit den beiden zu kommunizieren und ihnen meine Lage zu erklären schlugen bislang fehl. Auch meine Experimente wollen hier nicht fruchten. Beim Versuch, 15 Knusperecken in 15 Sekunden zu essen, verschluckte ich mich dermaßen, dass ich glaubte, ich müsse ersticken. Ich habe begriffen, dass ich alle Hoffnungen aufgeben muss. Diesen weißen Seiten mein Leid zu klagen, ist das Einzige, was mir geblieben ist.

Nachtrag in mein Tagebuch:

Die beiden Alten wirkten heute unruhig. Sie schauten aus den Augenwinkeln zu mir herüber, wenn sie dachten, dass ich es nicht merke. Ich war auf der Hut. In dem Moment, in dem meine Aufmerksamkeit durch Nahrungsaufnahme gebunden war, stülpten sie mir eine Decke über den Kopf. Ich regte mich dermaßen auf, dass mir die Sinne schwanden. Als ich zu mir kam, lag ich auf einem blanken Metalltisch. Ich versuchte, mich zu bewegen, doch ein Mann im weißen Kittel hielt mich unerbittlich fest.

Neben ihm standen die alten Leutchen und sahen schuldbewusst aus. Mein kitteltragender Peiniger ergriff zuerst das Wort:»Wenn wir ihn jetzt impfen, können wir ihm auch gleich einen Chip einsetzen. Sollte er weglaufen, finden sie ihn leichter wieder.«

Bei diesen Worten war die Ohnmacht kurz davor, erneut von mir Besitz zu ergreifen. Der Mann kam mit einer Spritze auf mich zu und stach sie mitleidslos in meinen Nacken. Mir steigen noch die Tränen in die Augen, wenn ich daran denke. Als er schließlich von mir abließ, fiel mein Blick auf einen Wandkalender. Es war der 15. des Monats. Ich schöpfte Hoffnung. Wenn sich meine These bestätigen sollte, war nun doch wahrlich der richtige Zeitpunkt.

Der Kittelträger kam mit einem weißen Apparat in der Hand zurück. Ich stellte mich auf erneute Schmerzen ein, doch nichts passierte. Stattdessen runzelte der Mensch die Stirn und sagte:»Der ist schon gechipt.« Dann überschlugen sich die Ereignisse. Meine Kidnapper wurden kreidebleich. Der Arzt telefonierte. Ich verhielt mich ruhig und hoffte, dass das Telefonat ein gutes Omen war.

Ich weiß nicht, wie viel Zeit vergangen war, als die Tür aufging und sie hereinkam. Sofort verschleierte sich mein Blick mit Tränen. Ich wollte aufspringen und ihr entgegenlaufen. Sie war schneller und hatte mich bereits gepackt und an sich gedrückt. Hinter ihr sah ich durch meinen Tränenschleier verschwommen die Konturen von Herrchen. Die alten Leutchen strichen mir noch ein Mal übers Fell. Als ich es in ihren Augen glitzern sah, musste ich meine schlechte Meinung über sie ändern. Sie schienen mich wirklich ins Herz geschlossen zu haben.

Auf der Rückfahrt durfte ich auf Frauchens Schoss liegen. Sie streichelte mich und ich glaube, ich schnurrte ununterbrochen. Als wir ausstiegen, erkannte ich unser Haus augenblicklich. Es trägt die Hausnummer 15.

Randnotizen

Mit freundlicher Genehmigung des Verlags Smartstorys.at

Journalistin war von jeher mein Traumberuf gewesen. Und so verwunderte auch niemanden in meiner Umgebung der Ehrgeiz und die Verbissenheit, mit der ich meinen Werdegang verfolgte. Um so mehr Unverständnis erntete ich, als ich eines Tages das Journalistentum an den Nagel hängte und anfing als Lektorin zu arbeiten. Eine Tätigkeit, die ich vorher immer als langweilig abgetan hatte.

Die Irritation war um so größer, als ich keine Anstalten machte, zu erklären, was mich zu dieser Kehrtwende in meinem Leben bewogen hatte. Damals schien es mir nicht passend, meine Gründe zu erläutern. Heute, 50 Jahre später, sehe ich mich an dem Punkt, an den viele ältere Menschen irgendwann einmal gelangen. Die Betrachtung der Vergangenheit ersetzt mir mehr und mehr das Leben in der Gegenwart. Und so möchte ich für Sie heute das Geheimnis lüften, weshalb ich den Beruf, der mich einst rief, letztlich nicht ausüben konnte.

Ich war noch jung, hatte gerade ein Volontariat bei einer regionalen Tageszeitung hinter mich gebracht. Es war nicht einfach gewesen, einen der begehrten Plätze zu ergattern. Doch ich hatte es geschafft.

Mehrere kleine Storys hatte ich dort bereits platzieren können. Man machte mir sogar Hoffnungen auf eine Festanstellung, wenn ich in nächster Zeit etwas wirklich Brisantes für sie auftäte. Und eines Tages passierte es. Ein befreundeter Polizist gab mir einen Hinweis und so kam es, dass ich zusammen mit dem Zinksarg am Tatort eintraf.

Mir war etwas flau im Magen, da ich noch nie am Schauplatz eines Mordes recherchiert hatte, empfand es für meine Karriere aber als förderlich, mich mit diesem Themenspektrum zu befassen. Immerhin liebten die Leute nichts so sehr wie Geschichten über Mord und Totschlag, auch wenn es niemand offen zugab. Doch die Abverkaufszahlen der Zeitungen gaben diesbezüglich deutlich Auskunft.

Es erwies sich jedoch als schwierig, an die Angehörigen des Opfers heranzukommen. Die ermittelnden Beamten waren noch zugegen und komplementierten mich mehr bestimmt als freundlich wieder zur Tür hinaus. So drückte ich mich geraume Weile im Vorgarten herum, bis die Polizisten endlich gegangen waren, ohne mich noch eines weiteren Blickes zu würdigen.

Auf mein Klingeln öffnete ein junger Mann mit rot geränderten Augen. »Was wollen sie?«, fragte er barsch, »wir geben keine Interviews.«

Zu meinem Glück besitze ich selbst für eine Frau erstaunlich große Augen und den mitfühlenden Aufschlag derselben hatte ich bereits von Kindesbeinen an trainiert. Früher hatte ich jeden Lutscher bekommen, heute bekam ich jedes Interview. Zumindest wenn es sich um männliche Gesprächspartner handelte. Zusätzlich zu meiner gekonnt eingesetzten Mimik hauchte ich: »Sie wollen doch bestimmt, dass über diese Sache in ihrem Sinne berichtet wird?«

Es dauerte nicht lange, dann saß ich am Küchentisch der Frau gegenüber, die vor knapp zwei Stunden Witwe geworden war. Ins Wohnzimmer könnten wir noch nicht, erklärte sie mir stockend, da sei noch alles voller Blut. Der Sohn lehnte mit verschränkten Armen im Türrahmen und sah aus, als wolle er mich nun, wo er mich schon einmal eingelassen habe, an einer potentiellen Flucht hindern.

»Wissen sie, wer es war?«, fragte ich vorsichtig, während ich mein Diktiergerät dichter an die Frau heranschob. Sie schniefte und nickte kläglich.

»Mama«, erklang es warnend von der Tür her und ich sah die Blitze, die aus seinen Augen schossen.

»Aber es ist doch klar, wer das gewesen ist«, schluchzte die Verwarnte und drückte sich die Überreste eines Taschentuchs gegen die Augen. Ich fand in meiner Tasche ein Sauberes und schob es ihr über den Tisch. Sie blickte mich dankbar an und schnäuzte sich umständlich.

»Wir waren nicht da, als es passiert ist«, sagte ihr Sohn in der entstehenden Gesprächspause, »wir können also auch nur vermuten, wer es gewesen ist.«

»Natürlich war es Bernhard«, schluchzte die Frau und fing wieder an zu weinen.

»Bernhard?«, fragend blickte ich von einem zum anderen.

»Papas bester Freund«, erklärte Sohnemann, »er hat wohl herausgefunden, dass Papa ein Verhältnis mit seiner Frau hatte.« Nun brach ihm die Stimme. Er ließ sich neben seine Mutter sinken und die beiden umklammerten einander, als befürchteten sie, dass sie gleich auseinandergerissen würden.

In meinem Hirn arbeitete es fieberhaft. »Wo ist denn dieser Bernhard jetzt?«

»Sie werden ihn wohl festgenommen haben«, brachte die Frau zwischen zwei Schluchzern mühsam heraus.

Ich schob den beiden Stift und Papier über den Tisch, mit der Bitte um Bernhards Adresse.

Wenig später saß ich im Wagen und befand mich auf dem Weg zu eben jenem Einfamilienhaus, in dem der potentielle Mörder wohnen sollte.

Es gab eine Gegensprechanlage am Gartentor. Die weibliche Stimme musste der Ehefrau des Beschuldigten gehören. Und sie schien ganz und gar nicht in Stimmung zu sein, sich mit mir zu unterhalten. Schade. Nun hatte ich zwar eine Story, als i-Tüpfelchen hätte ich aber zu gern den Mörder mitgeliefert. So musste ich mich wohl oder übel auf die Fakten beschränken. Und die waren bislang etwas dürftig.

Während ich in Gedanken versunken zurück zu meinem Wagen ging, löste sich eine Gestalt aus dem Schatten eines Baumes. Ich zuckte erschrocken zusammen. Es war der Sohn des Verblichenen. »Sie dürfen nicht darüber berichten«, bat er mich eindringlich.

»Aber wenn ich es nicht tue, dann macht es jemand anders«, erklärte ich und fügte dann misstrauisch hinzu: »Warum soll ich nichts schreiben? Wissen sie mehr, als sie mir vorhin gesagt haben?«

Wir standen eine Weile schweigend voreinander. Bis er schließlich sagte: »Er hat sie geschlagen. All die Jahre. Es ging nicht mehr.«

Mir stockte der Atem.

»Sie waren gar nicht unterwegs, als es passierte.«

Er nickte.

»Weiß ihre Mutter, dass sie es waren?« Diesmal schüttelte er vehement den Kopf.

»Bernhard kam dazu, als es vorbei war. Er hat sie all die Jahre aus der Ferne angehimmelt. Er meinte, der Kummer würde ihr das Herz brechen, wenn sie erführe, was ich getan habe.«

»Er will sich opfern?« Ich konnte es kaum fassen, was der junge Mann mir gerade erzählte. Mein Herz schlug schneller. Meine Exklusivstory stand vor mir.

»Sie dürfen über diese Sache nicht schreiben«, sagte er nun heftig und machte einen Schritt auf mich zu. Unwillkürlich wich ich zurück. Er hob entschuldigend die Hände.

»Bitte machen sie es durch eine reißerische Berichterstattung nicht noch schlimmer.«

Ich sah in seine müden Augen, die schon so viel Leid im Elternhaus hatten erblicken müssen. Doch um was bat er mich da? Sollte ich wirklich auf meinen endgültigen Durchbruch als Journalistin verzichten? Zweifellos hätte mein nächster Schritt darin bestehen müssen, die Polizei über meine neuen Erkenntnisse zu informieren, um anschließend in die Redaktion zu fahren. Es wäre sicherlich ein Leichtes gewesen, den Sohn zu überführen und den vermeintlichen Täter zu entlasten. Der Gerechtigkeit wäre Genüge getan. Ganz zu schweigen von der Informationspflicht gegenüber der Bevölkerung.

»Es liegt in ihrer Hand«, sagte er tonlos und riss mich aus meinen Überlegungen. Dann wandte er sich grußlos ab. Ich sah ihm nach, wie er mit gebeugten Schultern die Straße entlang schlich.

Meine Gedanken überschlugen sich. Mir war regelrecht schwindelig, als ich ins Auto stieg und durch die mit Macht hereinbrechende Dunkelheit fuhr.

Meine Meldung erschien unter der Rubrik »Randnotizen«: Im Stadtteil Lichtenhagen wurde am frühen Freitagabend ein Familienvater erschlagen.

Nach ersten Erkenntnissen handelte es sich um eine Beziehungstat.

Da die Zeitung, für die ich damals arbeitete, ein stattliches Renommee besaß, machten die anderen Blätter keine Anstalten die Geschichte weiterzuverfolgen. Frei nach dem Motto: Wenn die daraus keinen riesigen Bericht machen, gibt es da wohl nichts zu holen.

Die Sache verlief also relativ klanglos im Sande.

Nicht jedoch für mich.

Etwas in mir hatte in jener Nacht einen Sprung bekommen. Die Gewissheit, dass Information ein heiliger Gral ist, der um nichts in der Welt angetastet werden darf, war mir auf der Fahrt durch die Dunkelheit abhandengekommen. Ich brachte es nicht über mich, das Vertrauen zu enttäuschen, dass der junge Mann mit seiner Beichte in mich gesetzt hatte. Manchmal hasse ich ihn heute noch für die Bürde, die er mir damals mit seiner Bitte auferlegte. Vielleicht wäre es in Zeiten von Smartphones und sozialen Netzwerken anders für mich gekommen. Wenn ich keine Zeit zum Nachdenken gehabt hätte und die Neuigkeit sofort ins Netz gestellt hätte. Oder, wenn ich zum Handy gegriffen und sofort die Polizei benachrichtigt hätte.

Was wäre dann aus mir geworden?

Kaisersülze an Kartoffelpuffer

Geschichte für die Artothekeröffnung der Stadtbücherei Buchholz am 24.09.2016.
Drei Bilder (Schwarze Raben, Linoldruck auf himmelblauer Mikrofaser) wurden dazu von Katja Staats (freischaffende Künstlerin) gestaltet.

»Wir können heute vom Boden essen Kinder.«
In unserer Familie hatte dieser Satz die gleiche Wirkung wie das magische Wort aus der Fernsehwerbung, das da lautete »Miracoli«. Wäre Harry Potter zum Leben erwacht und hätte uns auf seinem Besen einen Besuch abgestattet, der Menschenauflauf in unserem Wohnzimmer hätte nicht größer sein können.

In Windeseile machte die Meldung in der gesamten Nachbarschaft die Runde und in einem fort läutete es an der Tür. Bis wir sie schließlich offen stehen ließen. Das hatte zur Folge, dass nicht nur Kinder, sondern Menschen aller Altersklassen, sogar Hunde und Katzen unser Haus fluteten. Einmal war ein Kaninchen unter den Gästen. Es bemerkte seinen Fehler jedoch recht schnell und suchte umgehend das Weite.

Es war ein Besucherstrom, der schier nicht abreißen wollte. Und für meine Mutter zudem eine völlig stressfreie Angelegenheit. Das vom Boden Essen in unserem Haus, war so beliebt, dass sie nicht zu kochen brauchte. Alle, die durch die Tür hereinströmten, hatten mindestens eine Tupperschale mit Essen dabei.

Vielfach waren es komplette Mahlzeiten. Die Mütter der Umgebung hatten gerade das Essen fertig gekocht und strömten nun gleichfalls gemeinsam mit ihren Kindern in unser Heim. Zusammen schmeckt es eben besser. Und so hockte denn eine unüberschaubare Menge an Menschen und Tieren auf den terrakottafarbenen Fliesen unseres Wohn-/Esszimmers und schlang gierig Essen in sich hinein.

Bedingung war, dass mit den Händen gegessen und keinerlei Geschirr verwendet wurde. Der Umwelt zuliebe. Es war eine wahre Flut von Speisen, die sich dort auf dem Boden türmte und ergoss. Völlig neue kulinarische Geschmackserlebnisse entstanden auf diese Weise. Da wurde Spaghettisoße mit Fischrisotto vermengt und Kaisersülze mit Kartoffelpuffer. Man konnte gar nicht so schnell kauen und zugreifen, wie es einen nach Nachschub verlangte, wenn das Auge eine interessante Komposition erspäht hatte. Manche waren gar so mutig, dass sie durch die Essensschlacht hindurch auf die andere Seite des Raumes krochen, um auch vom dortigen Sammelsurium an Nahrungsmitteln etwas kosten zu können. Groß und klein, dick und dünn, Alt und Jung, behaart und unbehaart. Alles war zum fröhlichen Essen vereint.
Aufgrund der Dringlichkeit dieser Angelegenheit, es hätte ja sein können, dass jemand einem an der Bodentafel zuvorkam, waren Tischgespräche obsolet. Es entstand nicht wie bei einer Familienfeier diese peinliche Stille zwischen zwei Plattitüden. Jeder konnte Mensch sein, wie er wollte. Zudem waren alle so mit sich selbst beschäftigt, dass es nie-

mandem auffiel, ob man schlürfte, schmatzte, rülpste oder vor Unbesonnenheit einen fahren ließ.

Mutter ließ zu diesen Anlässen immer die Fenster offen, um Ausdünstungen jedweder Art sogleich des Raumes zu verweisen. Ich kann mich nicht erinnern, dass wir Kinder zu Weihnachten so glücklich gewesen wären wie zu diesen Festessen. Sie kamen nicht sehr häufig vor. Vielleicht so drei- oder viermal im Jahr, wenn Mutter entschieden hatte, dass es aller Vorsichtsmaßnahmen zum Trotz nun doch geboten sei, den Boden zu wischen. Und sie fand es ökonomischer, ihn vorher noch einmal ordentlich zu verschmutzen.

Angenehmer Nebeneffekt dieser Feier war, dass die Abwehrkräfte auf Trab gebracht wurden. Denn wer hatte Zeit, sich die Schuhe abzutreten, wenn er hereinstürmte, geschweige denn sie auszuziehen. Es wäre bei diesem Aufgebot an Menschen ja leicht möglich, dass das eigene Schuhwerk dem Chaos zum Opfer fiele, so wie die zweite Socke oftmals von der Waschmaschine verschluckt wird. Nein, da war es besser, alles bliebe an seinem Platz. Auch Sand, Erde und andere Dinge, die man vorher mit der Sohle eingesammelt hatte und die sich nun mit dem Speisebrei auf dem Boden vermengten.

Und da niemand recht hinschaute, wo er seine Mahlzeit platzierte, konnte der ein oder andere Käfer, der in den letzten Wochen auf diesem Boden das Zeitliche gesegnet hatte, schon mal als Beilage oder letzte, dem Gericht eine besondere Note verleihende Ingredienz verzeichnet werden.

So war manch einer der Gäste überrascht, wenn er versuchte, eins der als köstlich empfundenen Gerichte nachzu-

kochen, dass etwas fehlte, was an jenem Tag den Reiz ausgemacht hatte. Der letzte Pfiff war sozusagen trotz sorg-
fältigen Abschmeckens nicht zu erzielen. Es wirkte irgendwie lasch. Man beschied sich schließlich mit dem Schluss,
dass es die Gesamtatmosphäre gewesen war, die die Speise
als besonders schmackhaft hatte erscheinen lassen, und aß
das Ganze, weil es nun mal da war. Im Geiste mit der Fuß-
note versehen, das Rezept nach ganz unten in die Schublade
zu packen.

Wenn die Gäste wieder abgezogen waren (jeder musste mit
einem Spachtel mindestens eine Lage Essensrest vom
Boden abkratzen und in den eigenen Hausmüll bringen. So
wollte es die gute Sitte), kam der meditative Teil der
Angelegenheit.

Das Wischen. Mutter holte Schrubber aus dem Keller, deren
Anzahl durch uns Brüder teilbar war. Außerdem das unver-
zichtbarste Utensil. Den Spezialreiniger. Eine sündhaft
teure Substanz aus dem Direktvertrieb. Vielleicht auch ein
Grund, warum unser Boden so selten Spülwasser sah. Wir
waren nicht sehr wohlhabend.

Und wie bei einer japanischen Teezeremonie wurde eine
genau bemessene Dosis des Konzentrats in das zuvor
temperierte Wischwasser gegeben, während die Umste-
henden gespannt den Atem anhielten. Wenn sich der zähe
weißliche Sirup mit einer spiralförmigen Bewegung im
Wasser aufgelöst hatte, atmeten alle wieder aus und tauch-
ten nacheinander ohne Hast den Wischer ins Wasser.
Stumm begann dann jeder seine Arbeit in der ihm zugeteil-
ten Ecke. Die Verteilung der Quadranten war vor einigen

Jahren festgelegt worden, um das Unterfangen möglichst effizient zu gestalten.

Nach dem ersten Durchgang wurde noch einmal das Wasser gewechselt und mit ebensolcher Präzision eine zweite Mischung angesetzt. Wir waren spätestens jetzt benebelt von dem Orangenduft des Wundermittels. Und meistens endete unser Einsatz damit, dass Mutter uns Entschuldigungen für die Hausaufgaben schrieb, weil wir nach getaner Arbeit nicht mehr in der Lage waren, unsere schulischen Pflichten zu erfüllen.

Die Lehrer, die bereits meine älteren Geschwister unterrichtet hatten, kannten das Prozedere schon und zeichneten das Blatt stets mit stoischer Miene ab.

Nur eine Lehrerin, die bei uns in der Nähe wohnte und mehr als ein Mal an einem unserer Gelage teilgenommen hatte, wagte die Andeutung eines Lächelns, wenn ich ihr den Zettel über den Tisch schob.

Da sie ihren guten Ruf nicht verlieren wollte, verlor sie kein weiteres Wort über die Angelegenheit.

Wenn wir mit dem Wischen fertig waren, kam Mutter an die Reihe. Sie holte aus der Kommode, in der die Putzutensilien gelagert wurden ein himmelblaues Mikrofasertuch hervor. Dort wurde es zwischen seinen Einsätzen wie eine Hostie in einem Fach aufbewahrt, das nur ihm allein gehörte. Kein anderer Haushaltsgegenstand durfte in dieses Fach gelegt werden. Da war Mutter eigen. Als einer meiner Brüder einmal in jugendlicher Unachtsamkeit ein profanes Bodentuch neben das Mikrofasertuch legte, wurde dies von ihr mit einer Woche Nachtischentzug geahndet. Die Vorzeichen waren da. Wir konnten sie damals bloß noch nicht deuten.

Mutter begab sich nun mit dem Tuch wie eine Büßerin auf die Knie und begann den Boden zu polieren. Im Gesicht einen Ausdruck höchster Konzentration schob sie sich Zentimeter für Zentimeter vorwärts, einem genau festgelegten Ablauf folgend, um ja kein Fleckchen zu vergessen. Dass der Gipfel der Versenkung erreicht war, erkannte ich daran, dass ihre Zunge im Mundwinkel erschien und ihre Pupillen riesig wurden. Nicht selten war dies der Augenblick, in dem sich ein Gefühl der Beklemmung in mir ausbreitete, das ich damals nicht einzuordnen wusste.

Der Boden glänzte danach nicht wie neu. Dieser Ausdruck wäre der Sache nicht im Geringsten nahe gekommen. Er glänzte wie der wertvollste Gegenstand, den man im Haus hatte und den man am liebsten vor allen anderen versteckt hätte. Bei 40 qm Boden natürlich nicht gut möglich. Wir Geschwister standen während der Zeremonie der Größe nach aufgereiht an der Teppichkante und zollten Mutter bei ihrem Tun den nötigen Respekt, indem wir schwiegen. Etwas, in dem wir normalerweise nicht sehr gut waren.

»Seht gut zu, wie ich das mache. Eines Tages werdet ihr es tun müssen.« Dies war etwas, das sie uns bei jedem Wischtag aufs Neue mit feierlicher Miene mitteilte, wenn sie sich auf die Knie begab. Und mochten wir auch sonst eine Rasselbande von fünf ungebärdigen Jungs gewesen sein, die gerne mal Unfug anstellten, so waren wir doch bei diesem Ritual immer völlig bei der Sache. Uns der Wichtigkeit dieser Tätigkeit voll bewusst.

Hätte mir später mal jemand gesagt, dass diese Augenblicke, wenn meine Mutter mit hochgerecktem Hinterteil in ihrer Schürze auf dem Boden kniete und in meditativer Versunkenheit den Boden wienerte, mich mehr übers Leben gelehrt hatte, als ein jahrelanges Hochschulstudium, ich hätte ihm im Nachhinein recht geben müssen.

Damals nahm ich es einfach hin wie es wahr. Mitgerissen von der Atmosphäre, die währenddessen bei uns im Haus herrschte. Sie stand im völligen Kontrast zum Bodenessen zuvor. Der Zauber verflog, sobald Mutter sich nach getaner Arbeit vom Boden erhob. Ich konnte mich danach wieder meinen Lieblingsbeschäftigungen widmen. Schlafen und Nachbarsjungen vermöbeln, damit ich bei ihnen die Hausaufgaben abschreiben konnte.

Dass die Sache zu kippen drohte, wurde mir klar, als ich eines Tages aus der Schule kam. Es war der Tag nach Wischtag. Mutter hing am Telefon und sprach mit eindringlicher Stimme auf den Teilnehmer am anderen Ende ein. Ich bekam nicht mit, worum es ging, da sie wenig später auflegte. Mir wurde allerdings mulmig zumute, als sie mich mit seltsam abwesendem Blick nur flüchtig grüßte und sogleich wieder nach dem Hörer griff. Normalerweise erkundigte sie sich immer, wie mein Tag gewesen war und nahm mir den Schulranzen ab. Eine zwar überflüssige aber doch nette Geste, die so zum Ablauf meines Tages gehörte, dass mich das Ausbleiben dieses Rituals verstörte.

Als der Gesprächsteilnehmer abnahm, hielt Mutter sich nicht mit Begrüßungsfloskeln auf, sondern kam sofort zur Sache.

»Da hat jemand seinen Darm in meinem Haus vergessen.«
Es klang wie eine Anklage mit der impliziten Drohung,
dass wenn derjenige nicht das Corpus Delicti entfernte, es
zu weiteren Sanktionen seitens meiner Mutter käme.

»Nein. Ich bin mir ganz sicher, dass es heute Morgen passiert sein muss. Und du hast doch eine Katze. Kann es sein,
dass sie sich im Tag geirrt hat? Das Bodenessen war gestern.«

Ich hörte die Verzweiflung in ihrer Stimme und gefror
innerlich. Hier lief etwas ganz und gar falsch. Ich schlich
mich so leise, wie es mir möglich war in den Wohnbereich,
und machte mich auf die Suche. Und da, in einer Ecke des
gestern so sorgfältig geputzten Bodens fand ich es. Ein
gräulich glänzendes Stück Darm. Ich betrachtete es mit
einer Mischung aus Faszination und Grausen und versuchte, von der Größe des Organs auf seinen ursprüng-
lichen Besitzer zu schließen. Es schien mir zu groß für eine
Maus und zu klein für einen Maulwurf. Als die Stimme
meiner Mutter an Lautstärke und Eindringlichkeit zunahm,
stellte ich meine Überlegungen ein.

Ich schlich wieder an ihr vorbei und besorgte mir in der
Küche eine Mülltüte und Küchenpapier. Es war eine etwas
blutige Angelegenheit wie vielleicht der ein oder andere
anatomisch gebildete Mensch verstehen wird. Immerhin
handelte es sich hier um gut durchblutete Strukturen des
Organismus. Aber ich wurde der Lage Herr. Das machte
mich mächtig stolz. Und ich fühlte mich um ein gutes Stück
erwachsener als vor dem Fund.

Ich entsorgte das unwillkommene Relikt einer Mahlzeit in
der Hausmülltonne, ohne dass Mutter von meinem Tun

Notiz genommen hätte. Als ich ins Haus zurückkam, hatte sie gerade den Telefonhörer aufgelegt. Ich nahm die Pause zum Anlass, mich bemerkbar zu machen.

»Es ist weg.«

Sie schaute mich irritiert an.

»Was ist weg?«

»Na der Darm.«

»Welcher Darm?«

Da wusste ich, dass die Zeiten des Bodenessens ein schlagartiges Ende gefunden hatten. Ich wollte ihr die Stelle zeigen, an der ich es aufgelesen hatte. Doch sie wollte nichts davon wissen. Behauptete steif und fest, dass nie etwas dort gelegen habe. Ich hatte meine Sache zu gut gemacht. Der Stolz darüber war schal.

Den Boden wienerte von nun an mein ältester Bruder. Wir machten dies nicht vom Verschmutzungsgrad, sondern vom Kalender abhängig und der festliche Charakter dieses Aktes litt unter der Degradierung dieser Tätigkeit zu einer normalen häuslichen Verrichtung.

Um Mutter nicht aufzuregen, legten wir es zudem in die Zeit ihres Mittagsschläfchens.

Jedes Mal wenn ich sie heutzutage besuche, schaue ich zuerst in der Kommode nach. Eines der wenigen Möbel, die in die neue Bleibe passten. Wenn ich in dem Fach das himmelblaue Mikrofasertuch finde, atme ich erleichtert auf. Ich weiß dann, dass es noch nicht so weit ist. Dass noch Hoffnung besteht. Aber es ändert nichts an der Tatsache, dass ich sie vermisse.

Die Tage, wenn Mutter fröhlich ausrief:

»Wir können heute vom Boden essen, Kinder.«

Eine Weihnachtsgeschichte

Er war noch nicht lange in diesem Revier tätig. Vor einigen Wochen hatte man ihn hierher beordert. »Du sollst da mal ein bisschen aufräumen«, hatte sein Vorgesetzter süffisant lächelnd bemerkt.

In seinem bisherigen Bezirk war ihm dies zweifellos gelungen. Zumindest unter den üblichen Kleinkriminellen war er eine bekannte Größe. Sie zuckten zusammen, wenn er einen ihrer Treffs betrat.

Nun also dasselbe woanders. Ihm sollte es egal sein. Die Arbeit war überall dieselbe. Die Menschen in verschiedenen Variationen die Gleichen.

Als er in die Frauenarztpraxis kam, hatte die Sprechstunde gerade begonnen.

Etwas unwohl fühlte er sich schon zwischen den ganzen Frauen. Einige davon mit dicken Bäuchen, die von zaghaft beginnendem Leben kündeten. Er lebte allein. Der Gedanke, dass zwei tapsende Füßchen seine sorgsam aufgeräumte Junggesellenwohnung in Unordnung bringen könnten, war ihm unheimlich.

»Hier entlang, Herr Kommissar«, riss ihn eine der Sprechstundenhilfen aus seinen Überlegungen. Er vermied es, sie in Bezug auf seinen Dienstrang zu verbessern und folgte ihr hastig in ein Hinterzimmer. Glücklich, dass er nicht durch eines der Behandlungszimmer mit seinen seltsamen Apparaturen und vor allen Dingen diesem monströsen Behandlungsstuhl hindurch musste.

»Hier hat er gelegen«, sagte sie und zog eine Schublade auf. Sie war leer.

»Hm, hm«, brummte er und strich sich mit einer Hand durch den Drei-Tage-Bart.

Er erklärte ihr nicht, dass eine leere Schublade wenig Aussagekraft besaß. Bei Geschädigten musste man ein Mindestmaß an Takt und Mitgefühl wahren. So viel hatte er inzwischen gelernt. »Hier also«, sagte er schließlich und blickte der jungen Frau in die verwirrend blauen Augen. Sie nickte eifrig.

»Lag er das ganze Jahr in dieser Schublade?« Sie bejahte.

»Es hat übers Jahr niemand nach dem Schmuck gesehen?«

»Nein. Außer zur Weihnachtszeit brauchen wir ihn ja nicht. Und als wir jetzt die Praxis schmücken wollten, war er weg.«

»Um welchen Wert handelt es sich ungefähr?«

Sie beugte sich verschwörerisch zu ihm hinüber. Ihr Atem streifte sein Ohr, als sie ihm den Betrag zuraunte. Er sog hörbar die Luft ein. Ob wegen der schwindelerregenden Summe oder ihrer körperlichen Nähe war ihm selbst nicht klar.

»Mein Chef fährt des Öfteren nach Italien und bringt von dort Weihnachtsschmuck mit. Hier sind Fotos von der geschmückten Praxis. Da kann man die Sachen ganz gut erkennen«.

»Ich verstehe«. Er betrachtete die Bilder. »Ich brauche bitte eine Liste aller Personen, die hier arbeiten.

Ihr Lachen irritierte ihn. »Was gibt es da zu lachen?«

»Nun ja. Da wären der Arzt und wir drei Helferinnen. Das wird eine übersichtliche Liste.«

Er fühlte sich von ihr nicht ernst genommen. Hitze breitete sich in seinem Gesicht aus. Sein Blick huschte unruhig über den Flur. »Und was ist mit der da?«, anklagend wies er auf die Putzfrau, die dort wischte.

»Das ist Natascha. Die habe ich völlig vergessen.« Befriedigt stellte er fest, dass sie nun verlegen wirkte.

Mit einigen langen Schritten war er bei der Frau, die erschrocken zurückwich.

»Guten Tag. Sprechen sie Deutsch?« Ängstlich sah sie zu der Helferin hinüber, die sich zu versichern beeilte: »Sie spricht gutes Deutsch. Aber seien sie nicht grob zu ihr. Soweit ich weiß, ist sie geflüchtet.«

»Geflüchtet, so, so.« Er betrachtete das Gesicht der Putzfrau, deren Wetterfältchen eine Altersschätzung erschwerten.

»Natascha und wie weiter?«, fragte er.

»Iwanow«, flüsterte sie und senkte den Kopf.

»Frau Iwanow. Mich würde mal interessieren, wie sie so wohnen.«

Die Helferin war inzwischen neben sie getreten und nahm den Wischer entgegen, den Natascha ihr mit einer resigniert wirkenden Geste überreichte.

»Ich hole meine Jacke«, sagte sie mit einem verstohlenen Blick zu ihm und huschte davon.

Die blonde Frau an seiner Seite musterte ihn wütend.

»Nicht alle Ausländer sind Verbrecher«, quetschte sie zwischen den Zähnen hervor.

»Aber mehr als sie denken«, erklärte er gelassen, »oder haben sie etwa den Schmuck genommen?« Ob die Röte in ihrem Gesicht von Scham oder Wut herrührte, war ihm egal. Er war jetzt wieder Herr der Lage. Seine Intuition hatte ihn noch nie getrogen. Trotzdem fühlte er ein leichtes

Unwohlsein in der Magengegend, als er mit der Putzfrau an seiner Seite die Praxis verließ. Die wütenden blauen Augen wollten ihm nicht aus dem Kopf gehen.

Frau Iwanow wohnte nur wenige Häuserblocks entfernt. Sie schwiegen den Weg über. Eine Tatsache, die er gewohnt war und keineswegs als unangenehm empfand. Im Gegenteil. Geschwätzige Verdächtige erschwerten ihm die Sache. Die vielen Worte schwirrten dann unruhig in seinem Kopf umher und machten es schwierig die wichtigen Informationen von unnötigem Beiwerk zu trennen. Dann sollten die Leute doch lieber schweigen, bis sie gefragt wurden.

Sie betraten ein Treppenhaus, in dem es trotz der frühen Stunde bereits nach gekochtem Essen roch. Sie machten vor einer Tür im zweiten Stock halt, auf dessen Klingelschild »Iwanow« stand.

Ihre Hand zitterte so sehr, dass sie Mühe hatte, das Schlüsselloch zu treffen. Als sie es geschafft hatte, rief sie etwas auf Russisch in die Wohnung hinein. Eine männliche Stimme antwortete.

Dann erschien ein älterer Mann im Türrahmen eines Zimmers und starrte ihn unverhohlen misstrauisch an.

»Guten Morgen«, rief er jovial, »wir suchen nur etwas. Wird nicht lange dauern.«

Der Alte trocknete sich die Hände an einem Geschirrtuch ab, kam ihm dann entgegen und streckte die Hand aus.

»Guten Tag, Maxim Iwanow mein Name. Und sie sind?«, fragte er in akzentgefärbtem Deutsch.

Er ignorierte die dargebotene Hand und erklärte: »Ich bin von der Polizei und suche bei ihnen in der Wohnung Weihnachtsschmuck, der bei einem Geschädigten verschwunden ist.«

Herr Iwanow zog seine Hand ohne Hast zurück und warf sich das Geschirrtuch über die Schulter. Mit einladender Geste wies er in die Wohnung.

»Bitte sehr. Sehen sie sich um.«

Das ließ er sich nicht zweimal sagen. Er ging einer Geräuschquelle folgend in die Küche, auf dessen Fensterbank ein quäkendes Radio Schlager spielte.

Am Küchentisch saß ein kleiner Junge und malte.

»Das ist Adrian«, erklärte Natascha, die ihm gefolgt war. Sie sagte zu dem Jungen ein paar Worte auf Russisch. Daraufhin erhob er sich von der Küchenbank, machte eine kleine linkische Verbeugung, streckte seine rechte Hand aus und sagte:»Guten Tag. Wie geht es ihnen?«

»Danke gut«, sagte der Beamte und fühlte sich diesmal doch genötigt die dargebotene Hand zu ergreifen. Sie war warm und klebrig.»Ich male gerade ein Bild. Möchtest du es sehen?«

»Adrian, der Herr hat keine Zeit«, erklärte Natascha hastig. Der Junge zog eine Schnute, kletterte dann wieder auf die Küchenbank und malte weiter.

Die kleine Prozession bestehend aus dem Polizisten, Natascha und ihrem Vater setzte ihre Wohnungsbesichtigung fort. Es gab ein Zimmer, das als Kinderzimmer genutzt wurde, ein winziges Duschbad und ein Wohnzimmer. Das fadenscheinige Sofa war noch als Doppelbett ausgezogen. Hier schienen Frau Iwanow und ihr Vater zu schlafen. Das Erstaunlichste war der Tannenbaum, der den Raum dominierte. Er war mit einer Lichterkette sowie mit filigranem Baumschmuck dekoriert.

Der Polizist brauchte keinen Blick auf die Fotos zu werfen, um sich zu vergewissern, dass er gefunden hatte, wonach er suchte.

Triumphierend drehte er sich zu seinen beiden Begleitern um. »Da ist er ja.«

Natascha senkte betreten den Kopf. Ihr Vater betrachtete forschend den Baum und fragte: »Das ist der gesuchte Schmuck?«

Der Beamte nickte. Herr Iwanow wandte sich an seine Tochter. »Lässt du uns bitte einen Augenblick allein Natascha?« Sie verließ fast fluchtartig den Raum.

Der Polizist wappnete sich innerlich für die Ausflüchte, Entschuldigungen und flehentlichen Bitten, die er nun unweigerlich hören würde. Doch nichts dergleichen geschah. Der Alte ging schnurstracks hinter die Tanne und holte von dort einen Pappkarton hervor. Im Karton befand sich Seidenpapier, in das Herr Iwanow nun die einzelnen Teile hüllte, die er behutsam vom Baum abnahm.

»Sie werden den Schmuck gleich mitnehmen«, sagte er schließlich. »Dann geben sie ihn zurück. Der Arzt wird meine Tochter entlassen. Alles geht seinen Weg.« Er sah dem Beamten fest in die Augen.

»Aber all das, was auch immer passieren mag, werden wir überstehen. So wie wir schon viele andere Dinge überstanden haben. Als Familie. Ich hoffe, dass sie auch eine Familie haben, die ihnen hilft, wenn es ihnen schlecht geht oder sie einen Fehler gemacht haben.«

Er wandte sich wieder dem Baum zu. Die Zimmertür öffnete sich und der kleine Junge kam mit seinem Bild in der Hand hereingestürmt. »Opa, guck mal. Ich bin fertig.«

Er blieb stehen und beobachtete verwirrt, was vor sich ging.

»Warum nimmst du den Schmuck ab, Opa?«

Der Alte sah seinen Enkel an und sagte: »Der ist nur geliehen Adrian. Der Mann, von dem Mama ihn hat, ist traurig, dass er nun selbst nichts mehr zum Schmücken hat. Darum müssen wir ihn zurückgeben.«

Diese Erklärung schien für den Jungen einleuchtend zu sein. Er legte das Bild behutsam beiseite und half seinem Opa, den Schmuck im Karton zu verstauen.

Der Polizist fühlte sich etwas unwohl, wie er das friedliche Treiben vor sich betrachtete. Kindheitserinnerungen an eigene Weihnachten überfluteten ihn. Oft waren seine Eltern zu beschäftigt gewesen, um mit ihm den Tannenbaum zu schmücken. Manchmal hatten sie gar keinen gehabt.

Zum ersten Mal wäre es ihm wohler gewesen, es wäre nicht so entsetzlich still im Raum gewesen. In ihm kamen Fragen auf, die so gar nicht zu einer polizeilichen Vernehmung passen wollten. Was war passiert? Warum lebten die Drei hier in dieser für deutsche Verhältnisse winzigen Wohnung? Doch keine davon kam über seine Lippen. Er nahm den Karton, den der Alte ihm in den Arm drückte und verließ, einen flüchtigen Gruß murmelnd, die Wohnung.

Er trug die Beute den Weg bis zur Praxis wie ein Kuchenpaket vorsichtig vor sich her.

Als er die Tür aufstieß, saß dort die blonde Helferin und blickte ihm ungnädig entgegen. Er stellte den Karton auf dem Tresen ab.

Sie hob den Deckel und schaute auf den Schmuck. »Er war bei Natascha?«, fragte sie gepresst. Er nickte nur.

»Schade«. Eine grenzenlose Enttäuschung schwang in ihrer Stimme mit. Etwas, das er schon lange nicht mehr empfand. Ihn überraschte das Handeln seiner Mitmenschen nicht mehr.

»Sie war so eine nette Person. Ich hatte ihr für ihren kleinen Sohn sogar ein Matchboxauto zu Weihnachten mitgegeben.«

Zu seinem eigenen Erstaunen hörte er sich sagen: »Möglicherweise hatte sie ihre Gründe.«

Die junge Frau sah ihn erstaunt an. Hoffnung glomm in ihren Augen auf.

»Ja, vielleicht hatte sie die.« Er war selbst verblüfft, dass ein einziger Satz so etwas wie Trost bei einem anderen Menschen auslösen konnte.

Verlegen fuhr er fort: »Wissen sie, ich habe mich gefragt, ob sie nach Feierabend Zeit hätten? Eine Wurst essen vielleicht? Nur wenn sie noch nichts anderes vorhaben. Es muss auch keine Wurst sein. Falls sie keine Wurst mögen, meine ich.«

»Ja.« Unterbrach sie seinen Redefluss.

»Ja?«, er sah sie erstaunt an.

»Ja«, wiederholte sie lächelnd. »Um fünf habe ich Schluss.«

»Gut, dann um fünf«, er klopfte noch einmal wie zur Bekräftigung auf den Tresen, bevor er sich umwandte und davonstiefelte.

Sein Gesicht fühlte sich merkwürdig an. Als er in der Tür fast mit einer Frau zusammenstieß, die ihn irritiert ansah, wusste er, was das komische Gefühl bedeutete. Er grinste über das ganze Gesicht.

Inhaltsverzeichnis